연화전

제 3 회 이 화 글 빛 문 학 상 수 상 작

연화전

정시은

글빛

풍속을 어지럽히고 사람을 해한 죄로 청운계라는 아녀자 집단을 잡아들여 참수형에 처한다. 소설 〈연화전〉은 세상의 질서에 맞지 않아 왕명으로 수거하여 모조리 소각한다.

영조 42년(1767년)

〈연화전〉, 첫 번째 이야기

겨울이지만 금방이라도 비가 내릴 듯 날이 푹하다. 마을이 내려다보이는 언덕 위에 구름이 무겁게 내려앉았다. 자신의 무게를 견디지 못한 구름은 마흔아홉 칸짜리 최 대감집 지붕도 덮어버릴 듯하다. 갈아야 할 때를 놓쳐 검고 탁하게 변색된 지붕의 기왓장 사이로 듬성듬성 풀이 올라와 있다. 기와지붕 너머로 감나무 한 그루가 지붕보다 더 높게 솟아 있다. 잎도 한 장 없는 앙상한 나뭇가지에는 겨우내

미처 떨어뜨리지 못한 감 한 개가 말라붙어 있다. 감나무가 있는 담벼락을 따라 앞쪽으로 돌아 나오면 이 집의 솟을대문이 있다. 사대부가의 권위를 드러내기 위해 담보다 높이 만든 솟을대문이라지만 감나무의 키보다는 한참 작다.

최 대감 집의 여종 한 명이 솟을대문을 열고 집 안으로 들어간다. 여종이 대문을 열자 종들이 거주하는 행랑채가 드러난다. 여종은 행랑채를 거쳐 다시 중문을 연다. 중문 옆쪽 계단을 따라 올라가면 사랑채가 나온다. 이 집에서 가장 높고 전망이 좋은 곳에 사랑채가 있다. 이 마을에서 가장 높은 곳이기도 하다. 마을 전체가 내려다보이는 사랑채의 마루 위에는 수염을 길게 기른 최 대감이 앉아 있다. 최 대감은 손자들이 책을 읽는 모습을 바라보며 수염을 쓰다듬고 있다. 손자들이 책을 읽는 소리가 낭랑하다. 여종은 종종걸음으로 사랑채 마루 앞에 가서 인기척을 낸다. 그리고 품고 있던 책을 최 대감의 발밑에 놓는다. 책을 전한 여종이 발걸음을 돌리려 하자 최 대감이 여종을 불러 세운다. 최 대감은 여종의 불룩한 배를 눈짓으로 가리키며 묻는다.

— 혹시 우리 집 씨는 아니겠지?

여종이 허리를 굽실거리며 대답한다.

—아이고 아닙니다요. 소인이 날씨가 추워 옷을 좀 껴입은 것뿐입니다요. 더구나 귀하디 귀하신 삼대 독자 연균 도련님께서 뭐가 아쉬워 저 같은 걸 건드리시겠습니까요.

최 대감은 의심스러운 눈빛을 거두지 않은 채 여종에게 말한다.

—몸단속 제대로 하지 않으면 너도 다른 종년들처럼 알몸으로 쫓겨날 줄 알아라.

여종은 뒤로 돌아 나오며 떨떠름한 표정을 짓는다. 뱉고 싶은 침을 다시 삼킨 여종은 사랑채에서 행랑채로 내려온다. 안채로 가기 위해서이다. 최 대감 집에는 사랑채에서 안채로 직접 통하는 길이 없다. 여종은 행랑채의 오른쪽으로 난 좁은 길을 따라 걷는다. 얼마 걷지 않아 그 좁은 길의 끝에 부엌이 나온다. 부엌의 앞문을 열고 들어가 뒷문으로 빠져나오면 비로소 이 집의 가장 깊숙한 곳에 위치한 안채가 드러난다.

최 대감 집의 안채는 ㅁ자 형의 구조로 만들어져 있어 햇빛이 잘 들지 않는다. 어두컴컴한 대낮의 안채에는 연균의 처첩들이 따분한 표정으로 앉아 있다. 안채의 대청마루에는 일감들이 어질러져 있다. 여종 한 명이 마루에 엎드려 걸레질을 하는 가운데 연균의 처는 이불 바느질을, 연균의 첫 번째 첩은 다듬이질을, 연균의 두 번째 첩은 아이에게 젖을 먹이고 있다. 연균의 두 번째 첩이 안고 있던 아이를 내려놓는다. 아이가 울음을 터뜨린다. 연균의 두 번째 첩이 한숨을 내쉰다. 그러자 마치 제 몸인 듯 꼭 맞는 저고리의 가슴 부분이 한 번 부풀었다 가라앉는다. 해를 거듭할수록 저고리의 길이가 짧아지고 있었다. 최근 들어 저고리와 치마 사이로 가슴이 드러나기에 이르렀다. 그래서 생겨난 것이 가슴가리개이다. 옷에 신경을 쓰는 여자들은 가채만큼이나 가슴가리개의 장식에 예민하다. 연균의 두 번째 첩은 화려한 가슴가리개를 들어 다시 가슴을 동여매며 말을 꺼낸다.

—형님, 요즘 저고리는 도대체 움직일 수가 없습니다.

이불 바느질을 하던 연균의 처가 대바늘을 이불에 꼽아버린다. 그리고 손을 올려 커다란 가채를 매만진다. 가채를 만지느라 드러난 가슴가리개에는 연균의 두 번째 첩의 것보다 훨씬 화려한 수가 놓아져 있다. 안채 여자들의 시선이 화려한 가슴가리개의 문양에 닿는다. 연균의 처는 시선을 한껏 의식하며 대바늘을 다시 집어든다. 연균의 처는 집어든 대바늘로 이불을 콕콕 찔러대며 대답한다.

—바깥출입도 할 수 없는데 이런 재미라도 없으면 어찌 살겠소.

연균의 첩들이 고개를 끄덕이며 크게 웃는다. 순간 안채의 마당을 쓸며 망을 보고 있던 여종이 고양이 울음소리를 낸다. 안채 여자들의 시선이 안채의 통로인 부엌문으로 모아진다. 사랑채에 들렀던 여종이 불룩한 배를 한 손으로 받친 채 안으로 들어온다. 여종은 하마터면 최 대감에게 들킬 뻔했다며 생색을 낸다. 연균의 처첩들의 여종의 주위로 모여든다. 연균의 처가 묻는다.

—〈방한림전〉 3편은 구해왔느냐?

여종은 품속에서 다섯 권의 책을 꺼내 바닥에 늘어놓는다. 치마 안에서 책을 꺼내자 좀 전까지만 해도 불룩했던 여종의 배가 다시 날렵해진다. 여종은 이놈의 책 때문에 자신이 몇 번을 헛걸음한 줄 아냐며 툴툴거린다. 연균의 처가 수고했다며 꽃무늬를 수놓은 버선 한 켤레를 여종의 손에 쥐여준다. 그러자 여종의 표정이 다시 밝아진다.

마루 위에는 다섯 권의 책이 흐트러져 있다. 안채 여자들의 시선이 다시 다섯 권의 책으로 모인다. 연균의 처첩들이 책 앞으로 모인다. 안채의 여자들이 각각 책을 한 권씩 집어든다. 책을 집어든 여자들이 빠른 속도로 책장을 넘긴다. 여종들도 하던 일을 멈추고 그녀들의 어깨너머를 기웃거린다. 여종 하나가 책장을 넘기고 있는 연균의 두 번째 첩에게 묻는다.

— 어떻게 되었습니까요?

여종이 간절한 표정으로 연균의 두 번째 첩의 어깨를 흔들어댄다. 두 번째 첩은 귀찮다는 듯 툴툴거리다가 책을 읽어내려간다.

— 글쎄 영해빙이 이렇게 말했다고 하네.

> 내 본디 한 남자의 아내가 되어 그의 규제를 받는 것을 괴로운 일이라 여기고 있었다. 하지만 이런 영웅 같은 여자를 만나 일생 지기知己가 되어 부부의 의리와 형제의 정을 맺어 한 평생을 마치는 것은 나쁘지 않을 듯하다. 남자의 규제 아래 구구한 인생을 사는 것보다는 차라리 여자와 혼인하는 것이 낫지 않겠느냐.[1]

연균의 첫 번째 첩이 이야기를 자르며 말을 꺼낸다.

— 그래도 그렇지 세상에 여자끼리 혼인하는 것이 가당키나 합니까? 음양의 조화를 그리 무시해도 되는 것입니까?

— 거 못할 거 뭐 있겠소? 어차피 서방도 내 방에 들지 않는데 우리도 함께 나가 살림이나 차려보오. 자네는 아직 이곳에서 썩기에 아까운 방년 십팔 세 아니오.

연균의 처가 첫 번째 첩의 손을 잡으며 농을 친다. 연균의 처의 장난이 처음은 아닌 듯 연균의 첫 번째 첩이 손을 뿌리친다. 손을 뿌리친 연균의 첫 번째 첩이 혀를 차며 말한다.

— 쯧쯧, 세책 한 권이 사람을 하나 버렸습니다.

연균의 처를 등지고 앉은 첫 번째 첩이 화제를 돌려 이야기를 꺼낸다. 첫 번째 첩은 얼굴에 갑자기 장난기 어린 미소를 가득 담고 말한다.

— 여기 음양의 조화를 어기지 않으면서도 재미있는 글이 있습니다. 간만에 제대로 된 것 하나 건졌군요. 글쓴이

1 〈방한림전〉에서 영해빙의 대사 인용.

가 누군지……

안채의 여자들이 연균의 첫 번째 첩 주위로 몰려든다. 그녀는 조심스레 책을 펴고 글을 읽어내려가기 시작한다.

여기, 방 안에 커다란 자루 하나가 던져졌습니다. 자루는 둔탁한 소리를 내며 꿈틀거립니다. 조심스럽게 자루를 푸는 여자의 가느다란 손이 보입니다. 자루 안에는 젊고 잘생긴 서생 한 명이 입과 손발이 묶인 채 몸을 웅크리고 있습니다. 탈을 쓴 여자의 얼굴이 보입니다. 나무를 거칠게 깎아 마무리가 제대로 안 된 할머니탈입니다. 여자는 서생의 얼굴을 가만히 들여다봅니다. 그러고는 탈을 쓴 채로 서생에게 격렬하게 입을 맞춥니다. 서생은 소스라치게 놀라며 앉은 자세로 뒷걸음질을 칩니다. 서생의 입에서 흐른 피가 입을 묶어둔 천으로 스밉니다. 여자는 자지러지게 웃으며 서생의 저고리 고름을 풀어버립니다. 서생은 몸을 움직여 저항을 해보지만 움직이는 것은 결코 쉽지 않습니다.

여자의 손은 이제 서생의 바지춤을 더듬습니다. 여자가 만지는 곳이 부풀어 오르기 시작합니다. 서생이 격렬하게 꿈틀댑니다. 그 틈에 서생의 입을 막아둔 천이 풀립니다. 서생이 큰소리를 칩니다.

—어허, 보아하니 평범한 양반집 부인 같은데 이 무슨 해괴망측한 짓이오!

여자는 못 들은 척 서생의 저고리를 풀어헤칩니다. 여자의 가슴가리개 안쪽에서 날카롭게 날이 선 단검이 드러납니다. 가슴에서 단검을 뽑은 여자는 능숙한 손놀림으로 서생의 바지를 도려냅니다. 순간 서생의 피부에 칼이 닿습니다. 서생은 금속의 차가운 느낌을 맨살로 느끼고 소스라칩니다. 여자는 잘라낸 천 조각을 들어 보이며 호탕하게 소리칩니다.

—오늘 밤 나를 만족시키지 못한다면 네 늘어진 쌍주머니와 뒷방 큰 절 노승 같은 민대가리도 이 천 조각 꼴이 나는 줄 알아라![2]

그 순간 망을 보던 여종이 또다시 동물의 울음소리를 낸다. 이번에는 개 짖는 소리이다. 중요한 순간 방해를 받은 안채의 여자들이 짜증스러운 표정을 짓는다. 책을 들고 있던 연균의 처첩들이 재빠른 몸놀림으로 책을 덮는다. 그리

2 〈변강쇠전〉 표현 인용.

고 놓았던 일감을 다시 손에 든다.

여종 한 명이 익숙한 발놀림으로 바닥에 놓인 소설책들을 발로 찬다. 소설책들이 마루 한구석에 있는 반분대 밑으로 미끄러져 들어간다. 소설책이 사라진 안채는 순식간에 다시 적막하고 따분한 공기를 품는다. 연균이 부엌을 통해 안채로 들어오고 있었다. 몸을 한껏 뒤로 젖히고 헛기침을 하며 들어오는 연균의 걸음걸이는 거침이 없다. 안채를 한 번 둘러보던 연균이 묻는다.

—분가루를 풀어 세수를 좀 하려 하는데 분가루 좀 가진 것 있소?

연균의 처가 대답한다.

—그런 일이라면 종들을 보내도 될 터인데 어찌 직접 오셨소?

여종 한 명이 소설책이 숨겨진 반분대를 제 몸으로 가리며 말한다.

—굳이 분세수를 하지 않으셔도 안채 마님들보다 훨씬 곱습니다요.

안채 여자들이 웃음을 참느라 묘하게 얼굴이 일그러진다. 연균은 손등으로 자신의 턱을 쓸어보다 반분대 밑으로 책 귀퉁이가 조금 삐져나온 것을 발견한다. 연균의 시선이 반분대 쪽으로 향하자 안채에 긴장감이 감돈다. 하지만 연균은 크게 관심이 없는 듯 이내 눈길을 거두어버린다. 다만 안채를 잠시 두리번거리더니 뒤뜰로 사라진다. 연균이 안채의 시야에서 벗어나자 안채의 여자들이 한숨을 내쉰다. 연균이 뒤뜰로 사라지는 것을 본 나이 든 여종 한 명이 혼잣말로 중얼거린다.

—그나저나 둘째 도련님은 이번에도 과거시험에 낙방하시는 것이 아닌지 모르겠습니다.

연화의 첫 번째 이야기

최 대감 집의 겨울, 그러니까 시댁의 겨울은 유난히도 길었다. 언덕 위에 있어서인지 북서쪽에서는 바람이 세지 않게, 그러나 그치지 않고 불었다. 언덕에는 항상 안개가 서려 있었고 위로는 구름이 걷히는 날이 없었다. 비가 자주 오긴 했지만 그것이 눈이 되어 내리지 않았고, 비가 왔다고 해서 딱히 날씨가 추워지는 것도 아니었다. 해는 항상 뜨다 만 느낌으로 어중간하게 하늘 위로 올라가 쉬이 지지도 않았다. 이곳은 묘시가 오시 같았고, 오시는 신시 같았다. 최 대감 집의 겨울은 언제나 오늘처럼 애매하게 푹한 날씨의 연속이었다.

이런 최 대감 집의 가장 북서쪽, 돌담을 타넘어 바람이 들이치는 안채의 뒤뜰에 이 집의 맏며느리인 나의 거처가 있다. 내가 기거하는 뒤뜰은 세상과 단절된 느낌이다. 안채 뒤편에 좁게 자리를 낸 뒤뜰은 사실 뜰이라고 부르기에는 몹시 옹색했다. 방에서 돌담까지는 다섯 걸음을 채 걸을 수 없었다. 그런 돌담을 방 안에 앉아 좁은 창을 통해 바라보면 뒤뜰이 더 비좁게 느껴졌다. 그 좁은 공간 안에 감나무가 비집고 자라나 높이 솟아 있었다. 아마도 이 감나무는 도저히 옆으로 가지를 뻗을 공간이 없어 위로만 자라났을 것이다.

나는 바깥 풍경에 답답증이 일어 잠깐 동안 열어놓았던 창을 닫아버렸다. 차갑고 눅진한 공기가 뼛속까지 파고들었다. 오한이 일었다. 화로에 숯덩이를 넣고 불을 지폈다. 이곳으로 시집온 뒤부터 몸이 가뿐했던 적이 없었다. 일단 이상하리만치 겨울이 길었고 비는 조금씩 꾸준히 내렸다. 항상 웅크리고 있었던 것 같다. 제대로 어깨를 펴고 걸었던 적이 없었다. 점점 어깨가 굽어서 둥글어졌다.

종종 글을 쓰고 싶다는 생각이 들었다. 그래서 나는 이 집 사람들 몰래 사랑채에서 나온 파지들을 모았다. 하지만 쉽사리 글을 적을 수는 없었다. 다만 멍하니 상념에 빠져들어 허공에 글을 휘저을 뿐이었다. 어젯밤에도 남이 버린 파지를 앞에 두고 멍하니 쳐다만 보았다. 식구들 몰래 어렵게 가져온 파지를 하릴없이 불쏘시개로 쓰면서 나는 할머니를 떠올렸다.

할머니는 이야기꾼이었다. 아주 어렸을 적 나는 종종 할머니의 무릎을 베고 누워 옛날이야기를 듣곤 했다. 내가 할머니의 무릎을 베고 누우면 할머니는 자신이 만든 이야기책을 방바닥에 늘어놓으며 한 권을 고르라고 했다. 할머니의 이야기책 안에는 바리데기 이야기, 우렁각시, 해와 달이 된 오누이, 천 년 묵은 지네, 중국 임금이 된 머슴, 어린 원님, 금강산 구미호까지 셀 수도 없는 이야기가 들어 있었다. 나는 하루 중 할머니의 이야기를 듣는 시간이 가장 좋았다. 하지만 부모님은 그런 할머니를 못마땅해했다. 할머니가 돌아가시던 날 부모님은 할머니의 이야기책을 모두 불태워버렸다. 재주가 있었지만 드러내지 않는 미덕을 가진 분이셨다는 내용의 제문을 읽어내려가는 아버지 앞에서 할머니의 이야기책은 한 줌도 안 되는 재가 되어 바람을 타고 날아갔다.

내가 어머니에게 할머니의 이야기책을 왜 태우는 것이냐고 물어보았을 때 어머니는 이렇게 말했다.

— 여자는 세상에 자신의 흔적을 남기면 안 된단다. 글은 여자의 일이 아니기 때문이지.

태어나 처음으로 어머니가 낯설게 느껴졌던 날이었다.

시댁에서의 시간은 무겁게 정지되어 흐르지 않는 듯했다. 나는 비슷한 일상을 반복했다. 이곳에서는 음식을 만드는 재주도 없고 바느질 솜씨도 없는 나에게 굳이 일을 시키지 않았다. 움직이는 일이 많지 않아서인지 변을 쉽게 볼 수 없었고 배앓이가 끊이지 않았다. 아이를 낳으면 안 되는 과부의 몸인데도 달거리는 다른 여자들보다 잦았다. 냇가에서 피 묻은 서답[3]을 빨 때마다 대감 집 며느리가 왜 직접 나와 빨래를 하냐는 마을 아낙들의 수군거림을 들었다. 간

3 조선시대 생리대를 지칭했던 말.

혹 과부의 핏물에 닿으면 아이를 못 낳는다며 내 주변을 피하는 아낙도 있었다. 하지만 나는 굴하지 않고 꾸준히 빨래터에 나갔다. 빨래가 외출의 유일한 수단이기 때문이었다. 다만 세상모르고 주책없이 피를 뱉어내는 나의 몸이 빨래터 아낙들의 말을 들을까봐 자리를 피할 뿐이었다.

남편은 십 년 전 혼서지가 교환되던 날 누군가에게 살해되었다고 한다. 남편 될 사람의 얼굴도 본 적이 없었던 나로서는 도무지 실감이 나지 않았다. 떠도는 말로는 마을 어귀 삼신당 앞에서 발가벗겨진 채 발견되었다고 하는데 잘려나간 음경은 끝까지 찾을 수 없었다고 한다. 그의 음경은 어느 이름 모를 무당이 가져가 신주단지에 넣고 모신다는 소문도 있다는데 그것이 사실인지는 잘 모르겠다. 이런 망측한 죽음에 사람들은 저승사자가 사람을 잘못 데려갔다고 수군댔다. 아마 밤낮없이 색주가를 들락거리는 시동생 연균을 빗대어 한 말인 것 같았다.

혼인을 취소해도 안 될 것은 없었지만 양가 부모들은 그렇게 하지 않았다. 시댁에서는 혼례도 치르지 못하고 죽은 아들의 처지가 불쌍해서, 친정에서는 이렇게 된 이상 어차피 혼삿길이 막히게 될 것이라며 아직 열다섯밖에 되지 않은 나의 혼인을 성사시켰다. 내가 혼례를 치르기 전날 아버지는 이렇게 말했다.

— 그래도 마흔아홉 칸짜리 집이면 나쁜 혼사자리는 아니다. 혼사는 이미 결정되었으니 너는 이제 그 집 귀신이 되어라.

나는 결국 짚으로 엮어 만든 인형과 혼인을 치렀다. 나는 인형과 한 이불을 덮고 첫날밤을 보냈다. 문밖에서 들리는 시어머니의 울음소리가 소름끼치도록 길던 밤이었다. 그렇게 나는 죽은 사람의 아내가 되었다. 시집온 첫날부터 상복을 입었다. 시댁 사람들은 공연히 나를 두려워했다. 식구들은 이유 없이 나를 껄끄러워했고 식솔들은 필요한 일 외에는 먼저 말을 건네지 않았다. 빨래를 맡은 여종들은 냇가에 갈 때 내 속옷을 슬쩍 빼놓고 갔다. 자신들도 아이는 낳아야 하니 과부의 속옷은 만지기 싫다는 것이었다. 간혹 말을 섞어야 할 때는 부담스러울 정도로 과장된 동정의 눈빛을 연출했다. 하지만 모두가 나에게 그렇게 대하는 것은 아니었다. 시동생 연균은 말과 행동에 거침이 없었다. 그 태도가 때로는 너무 불손해서 달갑지만은 않지만 그는 나를 껄끄러워하지도 외면하지도 않는 유일한 사람이었다.

하지만 나는 그를 몹시 경계했다.

연균은 사람의 정신을 혼몽하게 만드는 미모를 가진 남자였다. 그의 얼굴은 사내의 피부 치고는 드물게 연한 복숭앗빛을 띠었다. 복숭앗빛 피부와 발그레한 뺨은 사대부가의 귀한 자식임을 드러내는 증표였다. 태양 아래 얼굴을 드러낼 필요가 없고, 챙이 넓은 갓을 쓰며, 영양 상태가 좋음을 뜻하기 때문이었다. 게다가 연균은 자신의 장점을 잘 알고 있었고, 그것을 잃지 않기 위해 노력했다. 그는 매일 아침 분가루를 풀어 세수를 했다. 그는 그렇게 흰 피부를 더욱 희게 만들고 두 손으로 양 볼을 비벼 혈색이 돌게 했다. 세수를 하고 나서는 수건으로 얼굴을 가린 채 방으로 들어갔다. 햇빛을 받으면 기미가 생긴다며 갓을 쓰지 않으면 외출을 하지 않았다. 연균이 가진 또 하나의 매력은 넓은 갓의 챙 아래 가려진 그의 짝눈이었다. 그의 오른쪽 눈은 왼쪽 눈보다 좀더 크고 둥글었다. 그의 오른쪽 눈은 사람과 대화를 나눌 때마다 그의 의지와는 관계없이 애교스럽게 눈웃음을 쳤다.

그 애교스러운 눈웃음과 복숭앗빛 뺨 때문인지 연균의 주변에는 여자들이 끊이지 않았다. 연균 또한 자신에게 다가오는 여자들을 마다하지 않았다. 게다가 연균은 새로운 여자를 만나게 되면 꼭 한번 잠자리를 가져야 직성이 풀렸는데, 집안의 식솔들도 예외는 아니었다.

일 년이 멀다 하고 연균의 아이를 가진 여종들이 생겨났다. 아이를 가진 여종들은 보따리만 싸들고 최 대감 집에서 쫓겨났다. 그렇게 한 명의 여종이 쫓겨나면 또 한 명의 여종이 들어왔고 들어온 여종은 또다시 나갔다.

그렇다고 잠자리를 함께할 부인이 없는 것도 아니었다. 연균에게는 한 명의 처와 두 명의 첩이 있었다. 하지만 연균은 집안의 여자들로 만족하지 못했다. 그는 종종 흰 도포자락을 펄럭이며 담을 넘곤 했다. 불쾌하게도 담을 넘을 때는 주로 인적이 드문 나의 뒤뜰을 이용했다. 그는 석양과 함께 나갔다가 수탉이 홰를 칠 무렵 돌아왔다. 아침 안개와 함께 사향 냄새를 가득 품은 채 돌아오곤 하던 그는 가끔 꺾어온 꽃가지를 뜬금없이 나의 방 창문 앞에 놓아두었다.

눈앞에서 어른거리는 연균의 도포자락이 나의 상념을 흩어놓았다. 그는 번번이 나의 뒤뜰로 와서 엉뚱한 것을 찾곤 했다. 하지만 정말 제대로 된 용건이 있어서 온 적은 한 번도 없었다. 아마도 괜히 한번 말을 걸어보려는 수작인 것 같았다. 이번에는 분가루였다. 그는 뜬금없이 뒤뜰로 와서 분가루를 가진 것이 있느냐고 물었다. 아마도 분가루를 물에 개어 세수를 하려는 모양이었다. 역시나 그다운 발상이었다. 하지만 이 땅에서 과부라는 신분은 화장을 할 수 없었다. 그러니까 분가루는 과부의 방에 있어서는 안 될 물건이었다. 이런 사실을 연균이 모를 리가 없었다. 나는 연균에게 어떻게 매번 과부의 방에서 엉뚱한 물건을 찾느냐며 차갑게 응대했다. 보통 이렇게 쏘아주면 머쓱한 표정으로 돌아가곤 하던 연균이었다. 그런데 오늘은 조금 달랐다. 연균은 뒤뜰을 나가지 않고 말을 이어갔다.

—당신의 목숨이 위태롭습니다.

연균의 표정이 몹시 어두웠다. 얼마 전 문중회의가 있었다던데 아마도 그곳에 다녀온 모양이었다. 회의 내용은 대충 짐작이 되었다. 최씨 가문은 아직 열녀 표창을 받은 예가 없었다. 문중 어른들은 자신들의 대단한 가문에 열녀 표창이 없다는 사실을 항상 아쉬워하곤 했다. 그러던 중에 이 집의 장손이 혼인을 앞두고 불의의 사고로 죽게 된 것이었다. 문중 어른들은 내가 이 집으로 시집온 다음날부터 남편을 따라 죽기를 은근히 바랐다. 게다가 남편을 이어 장손이 된 연균이 도무지 벼슬에 뜻이 없자 그들은 더욱 노골적으로 바라기 시작했다. 조정에서 한 가문에 열녀 표창을 내릴 때는 단순히 표창만 내리는 것이 아니었다. 그 집안에 빈둥거리고 있는 남자가 있다면 그에게 벼슬을 할 수 있는 길도 터주곤 했다. 내일은 남편이 죽은 지 십 년째가 되는 날이다. 호시탐탐 열녀 표창을 탐하던 그들에게는 내일이 길일인 셈이었다. 연균이 말을 이었다. 그런데 이어지는 연균의 말은 적잖이 당황스러웠다.

—작은 집을 한 채 마련해두었으니, 그곳에 거처를 마련하십시오. 저도 곧 당신을 뒤따라갈 것입니다.

연균의 의중을 이해하기 힘들었다. 이 집에서 건드릴 수 없는 유일한 계집에 대한 호기심으로 보기에는 조금 진지해 보였다. 반대로 좀더 공을 들여서 투자한 만큼 양껏 즐겨보겠다는 말일 수도 있었다. 하지만 그의 의중이 어떤 쪽이든 나는 그의 말을 따를 생각이 없었다. 어차피 죽게 될 목숨, 조용히 떠나고 싶었다. 나에게 세상은 아름답지 않았고 사는 것은 지루했다. 그렇다고 죽는 것이 두렵지 않은 것은 아니었다. 다만 남의 감정놀음에 호응해줄 여력이 없었다. 연균이 나를 집요하게 쳐다보고 있었다. 부담스러웠다. 나는 연균의 눈빛을 피하며 대답했다.

— 인간의 목숨이란 풀잎에 내려앉았다 해 뜨면 사라지는 새벽이슬과 같은 것입니다. 저는 이 세상에 미련이 없습니다.

연균이 확신에 찬 목소리로 말했다.

— 거짓말입니다.

틀린 말은 아니었다. 그의 말처럼 내가 세상에 미련이 없다면 거짓말일 것이다. 나는 뒤뜰에 있는 감나무와, 봄이면 돋아나는 풀꽃들과, 봄비가 내리면 돌담을 오르는 달팽이와 흙 밖으로 얼굴을 내미는 지렁이들, 가끔 방 안으로 날아드는 빨간 날개를 가진 무당벌레와 하얀 날개를 가진 배추나비, 긴 밤 뒤뜰을 밝히는 달과 담 너머 떡갈나무 숲에 사는 부엉이의 울음소리, 무엇보다도 불 꺼진 화로의 식은 잿더미를 사랑했다.

하지만 내가 그 작고 아름다운 것들을 사랑하는 사실과는 무관하게 나는 그들을 떠나야 했다. 이 집에서 나는 항상 없는 존재였다. 열매를 맺을 수 없는 여자는 이 땅에서 이용가치가 없었다. 지금까지 내가 겪어온 세상은 이용가치만으로 사람을 저울질했다. 사람 자체의 온전한 가치를 인정해주지 않았다. 자식을 낳을 수 없는데다 심지어 가사 일까지 서툰 과부의 가치는 측정 대상에 포함될 수도 없었다. 물론 내일 같은 날 내가 멋지게 죽어준다면 빛을 발하게 될지도 모르겠다. 망상에 잡혀 있는 나에게 연균이 재촉하며 말했다.

— 한시가 급하니 어서 짐을 꾸리십시오.

— 저에게 왜 이러십니까?

— 고집 피울 상황이 아닙니다.

나는 꼼짝하지 않았다. 딱히 다른 방법도 없었고, 있다고 해도 다른 적극적인 행동을 취하고 싶지 않았다. 연균이 한 발자국 앞으로 다가왔다. 그와 나 사이의 거리가 급격히 좁아졌다. 나는 그 좁은 간격이 견딜 수 없이 불편했다.

— 지금 당신의 행동은 몹시 무례합니다.

— 묻고 싶은 것이 하나 있습니다. 왜 매번 제가 문 앞에 놓은 꽃을 가지고 들어가셨습니까?

연균이 내가 꽃을 들고 들어갔다는 사실을 어떻게 알았는지 모르겠다. 내가 꽃을 가지고 들어가는 모습을 어딘가에 숨어서 직접 보았단 말인가. 내가 꽃을 집어갈 때마다 이 좁은 뒤뜰 어딘가에서 숨어서 지켜보았을 연균을 상상하니 조금 무서워졌다. 연균의 말을 더 듣고 있으면 무슨 소리가 더 나올지 몰랐다. 나는 그의 말에 더 이상 대꾸하지 않고 방으로 들어왔다. 문밖에서 연균이 감나무를 걷어찼나 보다. 감나무 둥지 위의 까치가 날개를 푸드덕거리며 날아가는 소리가 들렸다.

연균의 발길질에 날아간 까치가 둥지로 채 돌아오기도 전에 최 대감 집에는 짙은 어둠이 내렸다. 저녁 때까지만 해도 여자들의 수다로 시끌벅적했던 안채가 어느 순간부터인지 조용해졌다. 다들 방으로 들어가 잠이 든 모양이었다. 나는 안채의 여자들이 더 깊은 잠에 빠지기를 기다렸다. 기다리던 나조차도 졸음이 올 때쯤 나는 그녀들이 확실히 잠들었을 것이라 판단하고 뒤뜰을 나왔다. 발소리를 죽이며 안채의 대청으로 향했다.

안채의 대청에서 가져올 것이 있었다. 여종이 집 안으로 소설책을 들여온 날이었다. 그런 날은 안채가 몹시 소란스러웠다. 가만히 뒤뜰에 앉아 있으면 굳이 귀를 기울이지 않아도 안채에서 신나게 떠드는 소리가 들려왔다. 그녀들의 이야기를 들으며 혼자 이야기를 상상했다. 그러다 그녀들의 큰 웃음소리가 들려올 때면 나도 모르게 몸을 움츠렸다.

그럴 때마다 안채의 대청과 뒤뜰의 간격이 까마득하게 느껴졌다. 가끔 아무 생각 없이 그녀들 사이에 파묻혀 보고 싶다는 생각을 했다. 함께 책도 읽고 수다도 떨어보고 싶었다. 보통 처와 첩들은 투기로 얼룩져 사이가 좋지 않다고 들었는데 연균의 처첩들은 그렇지 않았다. 남편의 관심을 일찌감치 포기한 탓도 있었겠지만, 그 이유가 아니더라도 굉장히 열려 있는 성질의, 어떤 알 수 없는 공감대가 그녀들을 엮어주고 있었다. 그녀들은 계집종들과도 사이가 좋았다. 하지만 그 공감대가 어떤 성질의 것이든 그 안에 내 자리는 없었다. 한 번쯤 그녀들 사이에 들어가보려고 어설픈 노력을 해본 적도 있었지만 그녀들은 본능적으로 나를 밀어내고 경계했다.

어쩔 수 없이 나는 여느 때처럼 안채의 대청으로 몰래 잠입할 수밖에 없었다. 어둠이 눈에 익을 때쯤 어둠 속에서 반분대의 거울이 반짝였다. 나는 반분대 밑으로 손을 뻗어서 넣어보았다. 어림잡아 세 권의 책이 만져졌다. 손에 집히는 세 권의 책을 꺼내 저고리 안에 넣었다. 나는 까치발로 안채를 빠져나와 뒤뜰로 돌아왔다. 돌아온 방은 문을 열었다 닫아서 그런지 서늘했다. 화로에 불을 지폈다. 하지만 한번 차가워진 방에는 쉽게 온기가 돌지 않았다. 방을 덥히는 것을 포기하고 창문을 열었다. 방 안으로 달빛을 들여 책을 읽기 위해서였다. 마흔아홉 칸짜리 집이었지만 이곳에서 내가 등불을 사용할 명분과 여유 따위는 없었다.

몹시 추웠지만 창문을 닫을 수는 없었다. 달빛을 받은 책의 표지가 어슴푸레 반짝였다. 여종이 책을 빌려올 날만을 손꼽아 기다려왔었다. 조심스럽게 첫 장을 펼쳤다. 이상하게도 책을 몰래 펴보던 다른 날처럼 설레는 기분은 아니었지만 그래도 첫 장을 펼치는 기분은 좋았다. 하지만 아무래도 오늘은 여느 날과는 달랐다. 아니나 다를까 이 근거 없는 예감은 현실로 다가왔다. 종이 위에 있어야 할 활자가 없었다. 책장을 한 장 더 넘겨보았다. 그러나 한 장을 더 넘긴 곳에도 글자는 적혀 있지 않았다. 다음 장을 넘겨도, 또 다음 장을 넘겨도 아무 내용이 적혀 있지 않은 것은 마찬가지였다. 원래부터 아무 내용이 없었던 것인지 아니면 나의 눈에 보이지 않는 것인지 분간할 수 없었다. 마치 검은색의 글자들이 어둠 속에 희석되어버린 것처럼 나에게는 아무 내용도 보이지 않았다.

누군가가 인두로 나의 눈을 지져버린 느낌이었다. 나는

가져왔던 소설책들을 도로 안채의 대청에 가져다 놓았다. 방으로 돌아온 나는 쓰러지듯 주저앉았다. 불이 꺼진 화로에 손을 대어보았다. 화로가 서늘하게 식어가고 있었다. 장롱 안에서 그동안 모아두었던 서책과 파지들을 꺼냈다. 나는 다시 화로에 종이를 넣고 불을 붙였다. 늘 그렇듯 불을 붙인 종이는 아주 잘 탔다.

문득 서랍장 안에 넣어두었던 마른 꽃들이 떠올랐다. 연균이 주고 간 꽃들을 말린 것이었다. 이 꽃들을 모아서 말렸던 이유가 정확히 기억나지 않았다. 나는 꽃잎들을 모아 파지와 함께 화로에 넣어 태워버렸다. 종이와 꽃들은 순식간에 타서 재로 변했다. 그리고 이내 서늘하게 식어버렸다. 나는 식은 잿더미 위에 의미 없는 감상을 끄적였다. 잿가루가 손에 묻어 금세 손이 까매졌다.

식은 재에 찬 기운이 돌 때쯤 수탉의 울음소리가 들렸다. 잠깐 동안 풋잠이 들었나 보다. 정신을 차리고 보니 서서히 날이 밝아오고 있었다. 문득 이상한 느낌이 들었다. 방문 쪽에 사람의 그림자가 어른거리고 있었다. 아담하고 둥근 곡선은 시어머니의 것이었다. 시어머니가 이렇게 이른 아침에 뒤뜰로 온 적은 시집온 뒤로 처음이었다. 아니

뒤뜰로 온 것 자체가 처음인 것 같았다.

— 첫째 아가 일어났느냐?

나는 급히 일어나 앉아 옷매무새를 가다듬었다. 손을 닦지 않고 잠이 든 바람에 하얀 옷 위에 여기저기 검은 재들이 묻어 있었다. 옷을 갈아입을 틈도 없이 시어머니가 방문을 열었다. 이미 방으로 발을 한짝 들여놓은 시어머니가 이렇게 물었다.

— 들어가도 되느냐?

나는 어쩔 수 없이 들어오셔도 된다는 말을 내뱉고 시어머니를 바라보았다. 방 안으로 들어온 시어머니는 아니나 다를까 더러워진 내 옷을 보고 혀를 찼다. 핀잔을 주려고 입을 열려던 시어머니는 문득 자신의 목적이 그것이 아니었다는 듯 소매 안에서 뭉툭한 종이 묶음을 꺼냈다. 시어머니는 종이 한 장을 내 앞으로 내밀었다. 엉성한 그림이 그려져 있는 것을 보니 약도였다.

—서황사 약도다. 그곳에 네 시아버지 몰래 내가 따로 안치해둔 큰아들의 위패가 있다. 오늘이 너의 지아비가 죽은 지 십 년째 되는 날인지는 네가 더 잘 알 것이다. 한번 다녀오거라.

어제 연균이 했던 말이 떠올랐다. 서황사라는 절이 과연 존재하는 곳일지 의심부터 갔다. 처음 듣는 절 이름이었거니와 도무지 절 이름으로는 적절하지 않았다. 아무리 그래도 그렇지 서황사라니, 마치 서천 서역국과 황천길을 합친 말 같았다. 아마도 나를 저승길로 보낼 생각을 하며 약도를 그리다 보니 급히 지어낸 이름에 의도가 드러난 것 같았다. 누가 지었는지 참 우습다는 생각이 들었다. 잠시 작은 실소가 배어나왔다. 시어머니는 그런 나의 얼굴을 보며 못마땅한 표정을 지으려다 불현듯 근엄한 표정으로 얼굴을 바꾼 채 작은 보따리를 내밀었다.

―갑작스러운 외출이라 먹을 것을 조금 챙겼다. 가는 길이 멀 것이다. 서둘러 떠나도록 하거라.

찬밥 한 숟가락 권한 적 없던 시어머니가 먹을 것을 챙겨주다니, 혹시 음식에 독을 넣어 서황사란 곳에 도착도 하기 전에 황천길로 보낼 계획인가. 오만 가지 생각이 다 떠올랐지만 나는 담담한 표정으로 알겠다고 대답을 했다. 용건을 다 전한 듯한 시어머니는 더 이상 앉아 있기가 불편한지 황급히 방을 나갔다. 나는 시어머니가 나가자마자 보따리를 풀었다. 주먹밥 몇 덩이와 사과 한 알이 있었다. 그리고 작은 칼이 하나 떨어졌다. 모양을 보니 은장도였다. 새로 샀는지 칼이 반들반들 윤이 났다. 설마 이 짧은 칼로 나의 가슴을 스스로 찌르라는 것인가. 나는 도무지 엄두가 나지 않았다. 그래도 만약 이 칼로 내가 자결하도록 유도할 계산이라면 어쨌든 사과에 독을 넣지는 않았을 것이다. 갑자기 허기가 졌다. 문득 이렇게 우울하게 인생을 마감하게 되더라도 당장은 먹고 죽어야 덜 우울할 것 같다는 생각이 들었다. 나는 은장도의 칼집에서 칼을 뽑아 사과를 깎아 먹었다. 사과를 다 먹은 나는 은장도를 다시 칼집에 넣어 저고리 안에 넣었다. 그리고 장롱을 열고 장옷을 꺼내어 머리에 뒤집어썼다. 오랜만의 외출이었다. 이것도 외출이라고 물색없이 뛰어대는 심장이 부끄러웠다.

〈연화전〉, 두 번째 이야기

심간지당의 살림은 집의 규모에 비해 매우 단출했다. 이른 나이에 과거시험에 합격한 세 아들은 모두 지방관으로 발령이 났다. 첫째 시우는 경상도로, 둘째 현우는 강원도로, 셋째 희우는 함경도로 각각 지방관이 되어 처자식을 데리고 심간지당의 집을 떠났다. 대가족이 떠난 심간지당의 집은 조용하고 휑했다. 행랑채만 다섯 칸이 넘는 심간지당의 집에는 두 명의 사내종과 춘삼만이 식솔로 지내고 있을 뿐이었다.

심간지당의 남편은 오랫동안 앓던 지병으로 젊은 나이에 죽었다. 그렇게 남편이 떠나고 과부가 된 지는 올해로 스무 해가 지났다. 얼마 전 조정으로부터 열녀 표창을 받은 것이 오랫동안 재가를 하지 않고 버텼기 때문만은 아니었다. 연년생인 두 아들이 연이어 장원급제를 하고 셋째까지 좋은 성적으로 과거시험에 합격을 하자 입소문이 조정에 닿아 열녀 표창을 하사받게 되었다. 목숨을 부지한 채 열녀 표창을 받은 사례는 요즘 극히 드물었다. 심간지당은 남편을 따라 죽지 못해 집에서 구박을 받고 있는 많은 과부들의 부러움을 샀다.

오랜 세월을 과부로 지내면 재산이 바닥날 만도 했지만 심간지당은 항상 풍족했다. 그녀 나름의 일이 있었기 때문이었다. 과부가 일을 하면 좋은 소리를 듣지 못했지만 심간지당은 그렇지 않았다. 심간지당은 여느 아녀자들과는 달리 유학에 어느 정도 식견을 가지고 있었다. 어릴 적 오빠들 어깨너머로 글을 훔쳐볼 때 말리는 이가 없는 가풍 탓도 있었지만, 남편 없이 자식들의 과거 공부를 직접 시키는 과정에서 스스로 터득한 것이 더 많았다.

그만큼 심간지당은 명석했고, 수완도 남달랐다. 다른 과부들이 삯바느질로 하루하루를 연명할 때 심간지당은 과거시험과 관련된 유학 서적들을 빌려서 베껴 적었다. 아들들의 책을 일일이 사줄 형편이 되지 않아 시작한 일이었다. 그러다 세 명의 아들이 어린 나이에 과거에 급제하게 되었다. 그 뒤로는 심간지당도 과거시험의 문제 유형에 어느 정도 감을 잡게 되어 예상 문제와 답안을 적은 초집을 내기에 이르렀다. 심간지당의 초집을 사보면 과거에 붙는다는 소문이 났다. 그러한 이력 때문인지 심간지당의 초집은 없어서 못 팔 정도였다. 적막해야 할 과부의 집은 항상 초집을 사러 온 손님으로 복작거렸다.

하지만 심간지당의 초집이 많이 팔려나갔던 이유는 비단 세 아들을 과거시험에 합격시켰기 때문만은 아니었다. 심간지당의 초집은 과거시험 문제를 적중시키지 못할 때가 더 많았다. 아니, 정확히 말하면 심간지당은 일부러 빗나간 문제를 냈다. 그런데도 심간지당의 초집은 꾸준히 팔려나갔다. 사실 아들들 공부에 열을 올린 것도 빨리 독립시켜 집 밖으로 내보내기 위해서였다. 심간지당에게는 할 일이 많았고 꿈도 컸다. 초집에 빗나간 예상 답안을 적어서 파는 것은 그녀 나름의 세상을 조롱하는 방식 중 하나일 뿐이었다.

하지만 사람들은 그녀의 의중을 알아차리지 못했다. 초집이 잘 팔려나가는 이유가 심간지당의 타고난 미색 때문이라고들 말했다. 틀린 말은 아니었다. 게다가 심간지당 역시 사람들이 그냥 그렇게 이해해주기를 바랐다. 사람들은 올해로 서른일곱인 심간지당을 세상에서 보기 드문 미인이라며 입을 모아 칭찬했다. 세상의 많은 미인들이 하얀 복숭아처럼 따뜻한 느낌의 피부를 지녔다면, 심간지당의 피부는 검푸른 겨울 밤의 하늘에 걸려 있는 차가운 그믐달 같았다.

심간지당의 얼굴을 보기 위해 초집을 산다는 핑계를 대고 심간지당의 집을 드나드는 사람들이 많았다. 물론 그 사람들이 책을 사기 위해 심간지당의 집으로 들어왔다고 해서 무조건 심간지당을 볼 수 있는 것은 아니었다. 사람들을 맞이하고 서책을 건네는 사람은 주로 춘삼이었다. 심간지당은 집 안 어딘가 깊숙한 곳에 들어가 있다가 손님이 뜸해질 때쯤, 그러니까 주로 노을이 질 무렵 아주 가끔씩만 얼굴을 내밀곤 했다. 그래도 사람들은 심간지당의 집을 찾았다. 한 번이라도 푸른빛이 돌 정도로 창백한 심간지당의 얼굴을 본 사내들은 공연히 애잔한 마음을 느끼며 없는 돈을 털어 서책을 쓸어가는 것이었다.

하지만 사내들의 가슴을 애잔한 설렘으로 들뜨게 하는 심간지당의 창백한 피부는 그녀의 것이 아니었다. 심간지당의 화장술이었다. 심간지당은 과부라면 당연히 꾸미지도 않고 화장도 하지 않을 것이라는 사람들의 통념을 이용했다. 심간지당에게는 왜국의 상인들로부터 공수해온 분가루가 있었다. 섬나라의 예인들이 연극을 할 때 바르는 분이었다. 많은 사람들이 임진년의 기억으로 왜와의 거래를 기피할 때 심간지당은 거리끼지 않고 그들로부터 분가루를 사들였다. 섬나라의 돌을 갈아 만든 분으로 화장을 하면 왜국 여인 특유의 창백한 피부 빛깔을 낼 수 있기 때문이었다. 그녀는 그렇게 자신의 외모를 의도한 대로, 그리고 무척이나 교묘하게 꾸몄다. 청나라 상인들로부터 서책을 들여올 때는 비단과 향수도 함께 사들였다. 화려한 색감의 비단으로 저고리와 치마를 마음껏 지어 입고 향주머니를 달았다. 다만 그렇게 입은 옷 위에는 꼭 흰 저고리와 치마를 덧입었고, 안에 입은 화려한 옷이 비칠 수 있는 대낮에는 사람들 가까이 가지 않았다.

그뿐이 아니었다. 심간지당은 적당한 사내를 골라 연애도 했다. 어느 순간 연애에 흥미를 잃게 되긴 했지만 십 년 전까지만 해도 심간지당의 또 다른 취미는 연애였다. 심간지당은 처지가 과부이니만큼 아주 비밀스럽게 연애를 했다. 소수의 선택된 남자들이 그녀를 거쳐갔다. 그녀는 사람들의 눈에 띄지 않게 이곳저곳을 돌아다니며 쓸 만한 사내들을 물색했다. 그렇게 심간지당에게 선택된 남자들은 자신도 모르는 사이에 그녀에게 먼저 접근했고 빠져들었다. 그리고 하나같이 자신이 먼저 그녀를 사랑하게 되었다고 믿었다.

심간지당의 연인이었던 사내들은 심간지당의 신상에 대해서 자세히 알지 못했다. 그녀를 다만 어느 타락한 사대부가의 젊은 부녀자 정도로만 알고 있을 뿐이었다. 심간지당의 연인들은 그녀가 하는 말을 의심 없이 믿었다. 물론 그녀가 워낙 달변이기도 했지만 혹여 그들이 믿지 못하더라도 뒤를 캐는 것이 쉽지 않았다. 사대부가에서는 그 집의 부녀자들을 좀처럼 밖으로 내놓지 않았기 때문이었다.

어쨌든 심간지당의 연인들은 알아서 조심스럽게 행동

했고 비밀스럽게 다녀갔다. 그것은 혼인을 한 사내든 하지 않은 사내든 마찬가지였다. 유부녀와 화간했을 경우에는 여든 대의 장형, 양반의 아내를 겁탈했을 경우에는 참형, 여자를 강간했을 경우에는 교형이라는 나라법이 있었다. 연애는 위험한 일이었다. 하지만 심간지당에게 연애는 끝이 보이지 않는 인생의 허망함을 잠시나마 잊을 수 있게 해주는 유일한 수단이었다. 어둠 속에서 누군가와 몸을 섞는다는 것은 세상을 잊을 만큼 지극히 즐거운 일이었다.

보다 다양한 즐거움을 위해 심간지당은 사내들을 자주 바꾸었다. 물론 자신에게 빠져든 사내들을 하나씩 내치는 것이 쉬운 일은 아니었다. 심간지당의 연인이었던 사내들은 끝까지 매달렸다. 한 철없는 사내는 함께 도망가서 살자며 눈치 없이 졸랐고, 한 부인 없는 홀아비는 그녀를 후처로 맞이하겠다고 설쳤다. 간혹 절대 헤어질 수 없으니 차라리 같이 죽자고 울면서 매달리는 사내도 있었다. 하지만 심간지당은 사내들을 잠자리 상대 그 이상으로 생각하지 않았다. 매달리면 매달릴수록 그들이 하찮아지고 우스워질 뿐이었다.

그러던 심간지당이 스물일곱이던, 아직 셋째 아들 희우

가 과거시험을 치르기 전이었으니까, 지금으로부터 십 년 전쯤에 있었던 일이었다. 심간지당의 초집 사업이 한창 잘 되어가기 시작할 무렵이었다.

꽃향기가 매캐할 정도로 강하게 코를 찌르던 봄날이었다. 심간지당의 집에도 해가 지기 시작하고 손님들의 발길이 뜸해지기 시작했다. 책을 팔던 춘삼은 낮 동안 대청에 쌓아놓았던 책을 거두어들이고 작업실로 돌아가 세책 작업을 시작하고 있었고, 두 명의 사내종들도 행랑채로 돌아가 하루의 피로를 씻어내고 있었다. 종일 사람들로 북적거렸던 심간지당의 집에 나른한 기운이 감돌았다. 태양이 밝은 빛을 거두고 부드러운 빛을 낼 무렵, 심간지당이 천천히 마당을 돌아 사랑채 앞으로 걸어나왔다. 한가롭게 집 안을 둘러보던 심간지당은 사랑채 대청에 걸터앉아 멍하니 지는 해를 보았다.

지는 해가 스스로의 경계를 흐리며 하늘에 노을을 지을 무렵이었다. 한 젊은 서생이 기척도 없이 심간지당의 집으로 들어왔다. 지는 해를 등지고 걸어오는 젊은 서생을 본 심간지당은 잠시 숨을 멈추었다. 상투도 틀지 않은 젊은 서생이었다. 갓을 거치지 않은 태양빛을 그대로 담아낸 따뜻한 얼굴이었다. 심간지당은 서생의 석양빛 피부가 마치 태초부터 일몰의 한 장면이었던 것처럼 몹시도 자연스럽다고 생각했다. 젊은 서생은 심간지당이 앉아 있는 대청으로 걸어와 아무렇지도 않게 걸터앉았다. 심간지당은 젊은 서생의 몸에서 어디서 품어온 것인지 알 수 없는 알싸한 풀향을 맡았다. 문득 자신의 속저고리에 달아놓은 사향주머니가 부끄러워졌다. 당장이라도 사향주머니를 떼어내고 싶다는 생각이 들 때쯤, 젊은 서생이 그녀에게 말을 건넸다.

―담장 밖으로 피어 있는 배꽃을 보았습니다. 그래서 저도 모르게 결례를 범하게 되었습니다.

시선을 담 밑의 배나무에서 거두지 않은 채 서생이 말을 꺼냈다. 결례를 범했다는 사람의 태도치고는 당당해 보였다. 다른 사람이 하면 정말 무례할 수도 있는 행동이 젊은 서생에게는 자연스러웠다. 한 번도 누군가에게 떳떳하지 못한 일로 허리를 굽혀본 적이 없는 사람 같았다. 심간지당은 서생의 시선을 따라 배나무를 바라보았다. 나뭇가지가 버거울 정도로 배꽃이 흐드러지게 피어 있었다. 심간지당은 이 젊은 서생이 어떻게 이곳까지 오게 되었을까를 생각해보다 문득 자신의 집이 초집을 파는 곳이라는 사실을 떠올려냈다. 젊은 서생과 초집은 왠지 어울리지 않는다고 생각했지만 심간지당은 물었다.

— 책을 구하려 오셨습니까?

심간지당은 차마 초집을 구하러 왔냐는 말까지는 입 밖에 내지 못했다. 서생이 잠시 뜸을 들이다 말을 꺼냈다.

— 책이라고 하니 생각이 났습니다. 화란의 〈백화보〉[4]에는 꽃에도 각각 꽃말이라는 것이 있다지요. 배꽃의 꽃말은 '환상' 또는 '상상하다' 라고 합니다.

심간지당은 서생이 말 가운데 화란이 무엇을 가리키는 것인지 알지 못했다. 다만 어렴풋이 어딘가 꽃이 많이 피는 곳의 지명을 뜻하는 것이라 추측할 뿐이었다. 꽃과 미남이라. 심간지당은 그 두 개의 단어가 너무나도 잘 어울려서 언젠가는 하나의 낱말로 붙어버릴 것이라는 확신을 하며 서생을 바라보았다. 그리고 아무도 자신을 알아보지 못하는 꽃이 가득한 화란이라는 곳에서 젊은 서생과 한가롭게 거니는 장면을 상상했다.

한참 동안 배꽃을 바라보던 서생이 대청마루 안쪽으로

4 온갖 꽃에 대한 설명을 쓴 책.

시선을 옮겼다. 잠시 대청을 두리번거리던 서생의 시선이 한 곳에 멈추었다. 서생의 시선이 멈춘 곳에 서책이 한 권 놓여 있었다. 〈춘향전〉이었다. 아마도 취미로 소설을 즐겨 읽던 심간지당의 아들 희우가 읽다가 던져놓은 것인 듯했다. 젊은 서생이 〈춘향전〉을 집어들었다.

—소설을 좋아하시나 보군요. 몇 해 전 아버지 몰래 이 책을 읽었었지요.

젊은 서생이 심간지당의 눈을 보며 진지하게 말을 이어갔다.

—죽은 사람의 심장도 다시 뛰게 할 소설입니다.

—죽은 사람의 심장이 다시 뛴다?

진지한 눈빛으로 심간지당을 바라보던 서생이 갑자기 장난스러운 미소를 지었다. 심간지당은 서생의 눈에서 어렴풋이 〈춘향전〉을 읽어냈다. 서생이 다시 서책으로 시선을 옮겨 책장을 넘겼다. 책장을 넘기는 서생의 손이 몹시 따뜻해 보였다. 책장 넘기는 일밖에 해본 적 없는 것 같은 가느다란 손가락과, 딱딱한 음식은 씹어본 적 없는 듯한 부드러운 턱을 보며 심간지당은 현기증을 느꼈다. 심호흡을 하고 있는 심간지당에게 서생이 물었다.

—아까 서책을 사러 왔냐고 물으셨죠? 소설을 다루시나 봅니다. 아버지 몰래 서책을 사러 들르겠습니다.

—아……, 네.

심간지당은 자기도 모르게 말을 더듬으며 그렇다고 얼버무렸다.

젊은 서생은 가볍게 인사를 하고 심간지당의 집을 나갔다. 심간지당은 대문을 나가는 서생의 뒷모습을 보며 서생의 미소를 떠올렸다. 너무도 한가롭고 부드러워서 삼동三冬이 녹는 것 같았다. 깊은 산 속의 개울물보다 맑은 그의 얼굴은 비단 나이가 어리기 때문만은 아닌 것 같았다. 심간지당은 가슴속에 무언가 따뜻한 것이 차오르는 것을 느꼈다. 그녀는 정신이 혼몽해져오는 것을 느끼며 가슴을 쓸어내렸다. 심간지당은 자신이 그동안 한 번이라도 누군가에게 이런 감정을 느껴본 적이 있었는지 되짚어보았다. 그러고는 옷 안으로 손을 넣어 사향주머니를 떼어버렸다. 어디선가 알싸한 풀향이 풍겨오는 것 같았다.

그날 저녁 심간지당은 사랑에서 공부를 하고 있는 셋째 아들을 불러서 물었다.

— 희우야, 그동안 내가 한 번이라도 크게 웃었던 적이 있느냐?

— 잘 모르겠습니다.

— 그렇다면 그동안 내가 한 번이라도 크게 울었던 적이 있느냐?

— 그것도 잘 모르겠습니다.

막내 희우가 의아한 얼굴로 심간지당의 얼굴을 바라보았다. 심간지당은 다른 곳을 보고 있었다. 자신의 대답을 듣기 위해 물어본 것 같지 않았다. 심간지당은 다만 대청에 앉아 마당가에 만발한 배꽃을 멍하니 바라보고 있을 뿐이었다.

희우가 심간지당의 손에 들려 있는 〈춘향전〉을 발견했다. 몇 번을 권해도 소설은 허망한 이야기일 뿐이라며 읽으려 하지 않았던 심간지당이었다. 희우가 심간지당에게 물었다.

— 어머니, 드디어 〈춘향전〉을 읽으셨습니까?

심간지당이 손에 든 책을 바라보며 대답했다.

— 〈춘향전〉이라…… 아, 이 책이 〈춘향전〉이었구나.

희우가 재미있다는 표정을 지으며 심간지당에게 다시

물었다.

—그렇다면 이제 읽으시려는 것입니까?

심간지당이 잔잔한 목소리로 대답했다.

—그동안 네 어미는 이 세상을 정말로 혼자 살았었구나.

다음날부터 심간지당의 집에서는 소설책이 제작되기 시작했다. 먼저 희우가 가지고 있던 몇 권의 소설책을 다른 종이에 베껴 적어 세책으로 엮어내기 시작했다. 하지만 그것만으로는 심간지당의 성에 차지 않았다. 심간지당은 오랜 지기 매월을 찾았다. 스무 해 만이었다.

매월은 타고난 이야기꾼이었다. 심간지당의 몸종으로 있던 어린 시절부터 매월의 말솜씨는 남달랐다. 매월이 가진 것은 말재주뿐만이 아니었다. 매월은 이야기를 소리로 표현할 줄 알았다. 심간지당은 자신보다 다섯 살 위인 매월을 몹시 따랐다. 어린 심간지당은 매월이 집 안 어디를 가든 치맛자락을 붙잡고 따라다녔다. 설거지를 할 때도 마룻바닥을 닦을 때도 심지어 뒷간에 갈 때도 따라갔다. 설거지를 할 때면 씻어놓은 그릇을 더럽혔고 마룻바닥을 닦을 때면 허리에 올라탔다. 뒷간에 가 있을 때는 물을 뿌리며 빨리 나오라고 채근했다. 고된 일과에 지친 매월이 앉은 채로 풋잠이 들 때면 흔들어 깨워 놀아달라고 졸랐다. 조금은 귀찮을 만도 했다. 하지만 매월은 한 번도 싫은 내색을 하지 않았다. 매월은 심간지당에게 끊임없이 새로운 이야기를 해주었고, 간혹 이야깃거리가 떨어지면 해주었던 이야기들을 노래로 불러주었다.

하지만 아무리 좋은 재주를 가졌어도 매월은 계집종의 배에서 나온 천출일 뿐이었다. 오히려 매월은 그 특출한 재주 탓에 일찌감치 심간지당의 집을 나가게 되었다. 그리고 그녀의 의지와는 상관없이 열다섯 해를 기생으로 살았다. 매월이 집을 떠나던 날 어린 심간지당은 매월의 아버지와 자신의 아버지가 같은 사람이라는 사실을 알게 되었다. 어린 심간지당은 아버지의 사랑방 앞에 퍼질러 앉아 매월을 다시 찾아내라며 꼬박 보름을 울었다. 하지만 심간지당의 아버지는 어린 심간지당의 얼굴조차 보려고 하지 않았다. 그렇게 보름 동안 서럽게 쏟아낸 눈물 탓에 얼굴이 보름달처럼 부어올랐을 때쯤 어린 심간지당은 눈물을 멈추었다.

그리고 다시는 누군가에게 이야기를 해달라고 조르지 않았고 더 이상 매월을 데려오라고 부탁하지 않았다. 아버지의 사랑채 앞에서 자신이 직접 찾아올 것이라며 큰소리를 쳤다. 심간지당이 일곱 살 때의 일이었다.

심간지당은 그로부터 스무 해가 지난 뒤에야 매월을 다시 찾게 되었다. 수소문 끝에 어렵게 찾은 매월은 주막을 꾸리고 있었다. 매월의 주막은 마을에서 한참 떨어진 곳에 있었다. 나라에 내려진 금주령 때문이었다. 하지만 금주령을 철저히 지키는 사람은 드물었다. 게다가 세상으로부터 도망친 관기가 세상에 나와 할 수 있는 일은 별로 없었다. 매월은 무작정 이 마을 저 마을을 떠돌아다니며 들병장사를 했다. 그렇게 그녀는 들병장사로 어렵게 모은 돈으로 주막을 차렸다.

스무 해 만에 매월을 찾은 심간지당은 매월을 쉽게 알아볼 수 없었다. 매월의 얼굴이 마치 마마를 앓은 것처럼 얽어 있었기 때문이었다. 낯빛도 얼룩이 진 것처럼 고르지 않았다. 관기로 있는 동안 가리지 않고 발라왔던 독한 화장품 때문이었다. 심간지당은 반가움에 앞서 문득 손등으로 자신의 얼굴을 쓸어보며 앞으로는 화장을 하지 말아야겠다는 생각을 했다. 심간지당이 자신의 얼굴을 보고 놀라는 모습을 본 매월은 허리춤에서 탈을 꺼냈다. 매월이 얼굴로 탈을 가져갔다.

— 얼굴을 가릴까요, 아기씨?

심간지당은 탈을 쓰려는 매월의 손을 잡아서 막으며 말했다.

— 가리지 말게, 그동안 많이 보고 싶었다네. 날 알아보겠는가?

심간지당의 눈에 눈물이 그렁거렸다. 매월이 옷고름으로 심간지당의 눈가를 닦아주며 말했다.

— 제가 어찌 아씨를 잊겠습니까.

— 앞으로는 나에게 존대하지 말게. 자네는 나의 언니가 아닌가.

— 아, 고맙네.

매월은 크게 웃으며 시원하게 말을 놓았다. 말을 바로 놓아버리는 매월의 태도에 조금 놀라긴 했지만, 심간지당은 더 이상 말을 덧붙이지 않고 망설임 없이 말을 놓아주는 매월에게 고마운 마음이 더 앞섰다. 심간지당이 조심스럽게 말을 꺼냈다.

—다시 보고 싶은 사람이 있네.

매월이 심간지당을 쳐다보았다. 심간지당은 흰 저고리와 흰 치마를 두르고 있었다. 흰 치마 밑으로 붉은 비단의 끝자락이 보였다. 매월은 호기심 어린 눈빛으로 심간지당을 쳐다보았다.

—사실 이 감정이 무언지는 나도 잘 모르겠네. 하지만 한 가지는 확실하네. 나는 지금 그를 다시 만나기 위해 이야기가 필요하네.

심간지당이 아랑곳하지 않고 다시 말을 이었다.

—소설책을 엮는 데 도움을 좀 주게.

매월이 심간지당을 가만히 바라보며 말했다.

—자네의 일이라면 기꺼이 돕겠네.

심간지당이 기뻐하며 대답했다.

—그럼 내가 사람을 모으겠네. 이왕이면 나와 같은 처지의 과부들로 말이야.

십 년 전, 이렇게 해서 심간지당은 청운계라는 모임을 조직하게 되었다. 청운계의 과부들은 모여서 소설을 썼고,

심간지당은 과부들이 쓴 소설을 모아 세책으로 펴냈다. 하지만 아무리 소설을 쓰고 펴내도 젊은 서생의 모습을 다시 볼 수는 없었다.

연화의 두 번째 이야기

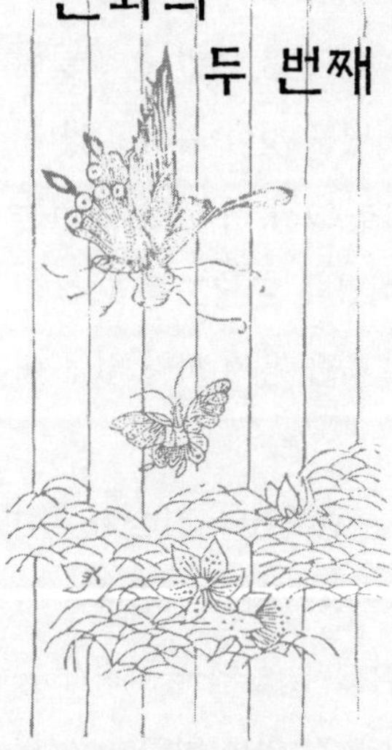

서황사로 가는 길은 몹시 멀었다. 서황사라는 절이 존재한다는 사실조차 확신할 수 없는 상황에서 지도만 보고 끊임없이 걷는 것은 곤혹스러운 일이었다. 발목에 참을 수 없는 통증이 왔다. 난데없이 허리도 아파왔다. 태어나 가마도 사람도 없이 이렇게 먼 길을 걸어보는 것은 처음이었다. 진작 남편을 따라 죽었다면 이런 고생을 하지 않아도 되었을 것이라는 생각까지 들었다. 저고리 안에 넣어둔 은장도를 꺼냈다. 그리고 칼집에서 칼을 뽑았다. 목 부분을 잘 찌르면 한 번에 죽는다고 들었다. 목에다 칼을 대었다. 칼날이 몹시 차가웠다. 하지만 목에 찔러넣는 것이 쉽지 않았다. 나는 그렇게 목에 칼을 대고 한참을 그냥 서 있었다. 나는 닭 한 마리 잡을 줄 모르는 사람이었다. 은장도를 도로 저고리 안에 넣었다. 이런 상황에서 죽을 용기 하나 없는 내 모습이 너무 서러워 눈물이 났다.

한참을 울고 나니 문득 가슴이 후련해졌다. 가슴이 후련해지고 나니 우습게도 오늘 걸어온 길이 몹시 아깝다는 생각이 들었다. 나는 다시 걷기 시작했다. 설령 목적지가 존재하지 않는 곳이라 해도 나는 달리 갈 곳이 없었다. 이렇게 나오게 된 것은 소박맞은 것이나 마찬가지였다. 소박맞은 여자는 시댁으로도 친정으로도 돌아갈 수 없었다. 소박맞은 여자가 울면서 친정으로 돌아갔다가 가문의 수치라고 하여 그녀의 오빠에게 죽임을 당했다는 이야기를 들은 적이 있었다. 하지만 아무도 그녀의 오빠를 욕하는 사람은 없었다. 내가 사는 세상은 그런 곳이었다. 나는 그저 시어머니가 건넨 지도를 확인하며 서황사를 찾아 걸을 수밖에 없었다.

어차피 사람은 세상에 태어난 이상 죽을 수밖에 없다. 할머니도 죽었고 할아버지도 죽었고 남편도 죽었다. 나는 남들보다 조금 일찍 떠나는 것뿐이다. 오히려 남편보다는 많이 늦었다. 이렇게 생각하니 마음이 조금 편해졌다. 아픈 다리를 이끌고 걷기 시작했다. 누구나 저승길은 걸어서 간다. 사람이 죽었을 때 제일 먼저 차리는 사자상이 그 증거이다. 사자상 위에는 먼 길 떠나는 망자의 손에 쥐여줄 노잣돈과 짚신 한 켤레를 놓아둔다. 게다가 저승으로 사람을 끌고 간다는 저승사자는 저승으로 가지 않으려는 사람을 쇠몽둥이와 쇠사슬로 다스린다고 한다. 저승사자와 마주치지 않고 이렇게 내가 내 발로 저승길을 걸어가는 것은 참으로 다행스러운 일이다. 나는 구만사천 리나 된다는 저승길을 육신의 발로 조금 미리 걷는 것일 뿐이다. 끊임없이 걷다 보면 어느 순간 자객이 나타나 깔끔하게 나를 죽여줄 것이다. 그렇게 편안히 죽고 나서 눈을 뜨면 향기 없는 흰 꽃으로 덮여 있다는 아름다운 서천서역국에서 눈을 뜨게 될 것이다.

한동안 망상의 나래를 펼치며 걷다 보니 어느새 산 어귀에 도달했다. 지도에 그려져 있는 산이었다. 이곳이 바로 나의 육신의 안식처인가. 위압감이 느껴질 만큼 유난히 키가 큰 나무로 울창하게 뒤덮인 큰 산이었다. 산줄기가 시선이 닿지 않는 곳까지 이어져 있었다. 그다지 양지바른 곳이 있을 것 같아 보이지 않았다. 하지만 이곳이 나의 묏자리라면 오히려 다행이라는 생각이 들었다. 상여를 타고 이런 가파른 산을 올랐다면 상여를 나르는 일꾼에게 굉장히 미안했을 것 같다는 생각이 들었다. 아무에게도 피해를 주지 않고 스스로 묏자리를 찾아 오르는 편이 나의 성정에 맞았다. 나의 죽음은 이렇게 숭고한 것이다. 나는 이렇게 자위하며 크게 한번 웃어보았다.

산을 올라가기 전에 생각을 한번 가다듬어야 할 것 같았다. 저승길에 제대로 들어가려면 생전에 지었던 죄를 깨끗이 털어야 하기 때문이다. 그렇지 않으면 구천을 떠돌게 되거나 지옥의 불구덩이에 떨어지게 될지도 모른다. 염왕이 가지고 있다는 업경과 치부책에는 내가 생전에 저질렀던 잘못과 허물이 적혀 있을 것이다. 그동안 살아온 인생을 차근차근 돌이켜보았다. 따져보니 내가 살아온 날은 햇수로 스물일곱 해였다. 새삼스럽게 오래 살았다는 생각이 들었다. 하지만 그 스물일곱 해 동안 뚜렷하게 떠오르는 일이 없었다. 좋은 일을 한 적도 없었고 딱히 죄를 지은 적도 없었다.

우스웠다. 하긴 죄라는 것도 무슨 일을 해야 짓는 것이지 나처럼 골방에 처박혀 있는 사람은 죄를 짓는 것도 일이었다. 물론 여자의 몸으로 자식을 못 낳은 것이 죄라면 죄겠지만 과부의 몸으로 자식을 낳았다면 더 큰 죄였을 것이다. 자식을 못 낳은 것은 도무지 내 의지로 어쩔 수 없었던 일이다. 또 하나, 시댁 안채 여자들의 소설을 몰래 훔쳐보았던 일이 죄라면 죄일 수도 있겠다. 하지만 소설을 훔쳐본 일에는 누가 단죄를 내리더라도 상관없다. 그 뒤뜰에 처박혀 그나마 소설이라도 훔쳐보지 않았다면 나는 더 큰 죄를 지었을지도 모른다. 어쨌든 나는 씻김굿 같은 것이 필요 없는 사람이다. 나는 이렇게 잠깐 동안 스물일곱 해의 인생을 돌아본 뒤 산을 오르기 시작했다.

어느 정도 산을 오르자 산 중턱쯤에 절 지붕 비슷한 것이 보였다. 의심했던 것과는 달리 서황사라는 절은 존재하는 절이었다. 아마도 서황사까지는 살아 있어야 하는 운명인가 보다. 그렇다면 죽은 남편의 위패도 절에 있는 것일까. 문득 저곳도 목적지라고 반가운 마음에 걸음을 재촉하고 있는 나의 모습이 우스웠다. 서황사의 규모는 생각했던 것만큼 작지는 않았다. 마침 절 안에서 스님이 나오고 있었다. 나를 본 스님은 목탁을 두드리며 합장을 했다. 스님이 고개를 들어 나에게 물었다.

— 어떻게 오셨습니까?

마을에서는 볼 수 없는 맑은 낯빛을 가진 스님이었다. 나는 반쯤 고개를 숙이고 대답했다.

— 이 절에 최선균의 위패가 모셔져 있다고 들었습니다.

최선균은 죽은 남편의 이름이었다. 처음으로 남편의 이름을 입 밖에 내어본 것 같다. 낯선 곳에서 낯선 남편의 이름을 읊는 내가 너무도 낯설었다. 낯선 스님이 알 수 없는 표정으로 나를 바라보고 있었다. 갑자기 어지럼증이 일었다. 어제오늘 나에게는 너무 많은 일이 있었다. 몸이 휘청거렸다. 다리에 힘이 풀려 주저앉으려는 순간 스님이 나의 몸을 부축하며 말했다.

— 일단 방으로 가서 잠시 휴식을 취하는 것이 좋을 듯합니다.

나는 본능적으로 나를 부축하려는 스님의 손을 뿌리쳤다. 순간적으로 스님에게 미안한 마음이 들었다. 하지만 그렇다고 해서 지금 사과를 하게 된다면 상황이 더욱 어색해질 것만 같았다. 생각해보니 어렸을 적 어머니와 유모의 손길 외에 누군가의 손길이 나의 몸에 닿았던 기억이 없었다. 다행히 스님은 아무렇지 않다는 듯이 미소를 머금은 채 말했다.

— 괜찮습니다. 이 방에서 잠시 쉬고 계십시오.

사람의 마음을 편하게 만드는 미소였다. 나는 마음을 놓고 서황사의 절 방으로 들어왔다. 절 방은 내가 살던 시댁 뒤뜰의 방보다 조금 작았다. 따뜻한 방 안에 앉아 있으니 마음이 편안해졌다. 어지럼증을 가라앉히기 위해 잠시 벽에다 머리를 기대고 눈을 감았다. 산 속에 파묻혀 있는 방이라서 그런지 방 안에도 미세하게 나무와 풀향이 났다. 정신이 들게 하는 시원한 향이었지만 나의 몸은 점점 나른해져갔다.

친정집이 보인다. 웬일로 집에는 손님들이 많다. 보고 싶었던 사촌 언니와 오빠, 동생들이 보인다. 언니 오빠들을 부르려 하는데 입에서 말이 나오지 않는다. 집 안을 둘러보니 여기저기에 흰 꽃이 잔뜩 피어 있다. 누가 죽었는지 장례식이 한창이다. 만발한 흰 꽃 때문에 장례식장은 마치 축제장처럼 화려하다. 사람들은 서럽게 곡을 하기도 하고 크게 웃기도 한다. 시끄러운 가운데 아버지가 제문을 읽고 있다. 울먹이며 제문을 읽느라 무슨 말을 하는지 정확하지가 않다. 아버지가 우는 모습은 처음 본 것 같다.

— 유-세차……

아버지의 팔촌쯤 되는 친척이 이렇게 말한다.

— 호상일세. 정정하게 예순 살까지 사셨으니……

마당에서는 무언가를 잔뜩 태우고 있다. 책으로 엮이지 않은 방대한 양의 종이들이다. 일곱 살의 내가 검게 피어오르는 연기를 바라보고 있다. 한참을 울었는지 목까지 눈물 자국이 말라붙어 있다. 아버지의 제문이 어렴풋이 귓가에 들린다.

— 생전에 재주가 많았지만 드러내지 않는 미덕을 가졌었고……

내가 어머니에게 묻는다.

— 엄마, 할머니 책은 왜 태우는 거야?

— 아가야, 글을 쓴다는 것은 위험한 일이란다. 현명한 여자는 자신을 드러내지 않는 거야.

어머니의 대답을 들은 일곱 살의 나는 얼굴을 찌푸린다. 그러자 나는 얼굴을 찌푸린 모습 그대로 열다섯 살의 내가 된다. 열다섯이 된 내가 친정오빠 옆에 엎드려 글을 쓰고 있다. 글을 쓰고 있는 나는 몹시 즐거워 보인다. 갑자기 어머니가 방 안으로 들어온다. 어머니는 무서운 얼굴로 다가와 내게서 종이와 붓을 빼앗는다. 어머니가 나에게 큰 소리로 윽박지른다.

— 다 큰 처녀가 사랑에 드나드는 거 아니랬지?

— 왜! 왜 나는 안 되는 건데!

나는 마구 신경질을 내며 소리를 지른다. 어머니가 눈을 크게 뜨고 나를 노려본다. 하지만 나는 어머니의 눈을 피하지 않는다. 오히려 어머니의 눈을 더 똑바로 쳐다본다. 그러자 서서히 어머니의 얼굴이 일그러지기 시작한다. 어머니의 이목구비가 흐릿해지면서 뭉그러진다. 급기야 어머니의 얼굴은 녹아내리기 시작한다. 흘러내리는 얼굴이 아무렇지도 않은 듯 그대로 놓아둔 채 어머니가 대답한다.

— 여자가 글을 쓰면 죽은 남자와 결혼하게 돼.

어머니의 말과 함께 나는 우울한 얼굴의 열일곱 살이 된다. 열일곱 살의 나는 혼례복을 입고 있다. 나는 혼례상 앞에서 두 사람의 들러리와 함께 고개를 숙이고 있다. 큰절을 할 차례가 된다. 나는 고개를 숙인 채 천천히 절을 하고 일어난다. 푸른색의 혼례복을 입은 남편은 이미 절을 마치고 고개를 들고 있다. 나는 가만히 고개를 들어 신랑을 바라본다. 남편의 얼굴을 확인한 나는 그 자리에서 혼절하고 만다. 맞은편에 있는 신랑은 사람이 아니라 짚으로 만든 인형이다. 아버지의 목소리가 쓰러진 나의 귓등을 때린다.

— 이미 혼서지가 오갔으니 어쩔 수 없다!

정신을 차리고 보니 나는 낯선 방에 짚으로 만든 인형과 함께 등불을 마주 보고 앉아 있었다. 짚으로 만든 인형이 나를 보고 웃는다. 그리고 아무렇지도 않게 나의 어깨에 손을 올린다. 나는 손으로 짚으로 만든 인형의 손을 쳐낸다. 인형은 다시 내 옷고름을 잡는다. 나는 다시 인형의 손을 쳐낸다. 인형은 다시 내 옷고름을 잡는다. 짚으로 만든 손에 힘이 들어간다. 이번에는 인형의 손을 쳐내는 것이 쉽지 않다. 결국 나는 인형과 함께 한 이불 안에 눕는다. 문밖에서 시어머니가 곡을 하고 있다. 소름끼치는 울음소리가 방 안으로 파고들어 밤새 베개 머리맡을 맴돈다.

나는 발작적으로 옆자리를 더듬었다. 손에 무언가가 만져졌다. 나는 소스라치게 놀라며 눈을 떴다. 나의 손에 닿은 것은 스님이 들고 있던 베개였다. 마침 스님이 나의 머리 밑에 베개를 놓아주려고 하던 참이었다. 나는 무안한 마음에 얼른 몸을 일으켰다. 잠시 벽에 머리를 기대어 쉰다는 것이 바닥에 누워 잠을 자고 있었다. 소름이 끼쳤다. 남편의 제삿날마다 꾸는 꿈이었다. 이마에서 식은땀이 흐르고 있었다. 스님이 작은 천 조각을 내밀며 말을 꺼냈다.

— 피곤해 보이십니다. 누워서 편히 주무시지요.

— 아닙니다.

나는 황급히 몸을 추스르며 고개를 숙여 거절을 했다. 이곳에서 자는 것이 편할 수는 없었다. 나는 스님이 건넨 천 조각을 받아 이마에 흐르는 식은땀을 닦았다. 서둘러 옷깃과 머리를 매만졌다. 스님은 여전히 미소를 짓고 있었다. 괜한 부산을 떨었나 싶었다. 스님이 방 한쪽에 밀어두었던 쟁반을 앞으로 끌어오며 말했다.

— 사실 일어나셔서 다행이라고 생각했습니다. 자는 모습이 몹시 불편해 보였습니다. 또 가져온 차를 도로 가져다 둘 뻔했습니다.

스님이 가볍게 미소를 지었다. 쟁반에는 막사발처럼 투박하면서도 소박한 두 개의 찻잔이 놓여 있었다. 스님이 찻잔에 뜨거운 물을 부었다. 뜨거운 물이 가득 담긴 찻잔에서 김이 올라왔다. 스님은 마른 꽃송이를 꺼내어 찻잔에 띄웠다. 수분이 빠져버린 꽃은 금방이라도 바스락 소리를 내며 부서져버릴 듯 볼품없어 보였다. 문득 속이 시리고 헛헛한 느낌이 들었다.

스님이 찻잔을 향해 눈짓을 했다. 나는 스님의 시선을 따라 찻잔을 보았다. 따뜻한 물의 기운이 마른 꽃에 스며들고 있었다. 늦가을 땅에 쌓인 낙엽처럼 어두운 색을 띠었던 꽃잎에 고운 색이 올라오고 있었다. 나는 놀란 눈으로 꽃을 바라보았다. 마른 꽃은 더 이상 마른 꽃이 아니었다. 꽃잎이 한 장씩 피어나기 시작했다. 마치 봄바람을 맞은 꽃봉오리가 처음 꽃잎을 터뜨릴 때처럼 자연스러웠다. 함께 꽃잎을 바라보던 스님이 입을 열었다.

— 이렇게 말라버린 꽃도 따뜻한 물을 만나면 다시 피어나게 되지요. 예전에 자신이 따뜻한 봄바람을 만나 스스로 꽃잎을 피워냈던 것처럼 말입니다.

봄바람이라니, 내가 한 번이라도 봄을 느껴본 적이 있었던가. 나는 마지막으로 느꼈던 봄이 언제인지를 떠올려보았다. 하지만 아무것도 기억나지 않았다. 스님을 보았다. 스님은 찻잔의 따뜻한 온기처럼 따뜻한 시선으로 찻잔 속에 떠 있는 꽃을 바라보고 있었다. 아마도 올해 봄이 온다면 스님의 따뜻함을 닮았을 것이라는 생각만 질서없이 떠오를 뿐이었다. 잠깐 동안 기분 좋은 정적이 흘렀다. 한동안 조용하던 서황사에 누군가가 온 듯 두런거리는 말소리가 정적을 깼다. 스님이 방문 쪽으로 시선을 옮기며 말을 했다.

—혼자 차를 드시게 해서 죄송합니다. 저는 잠깐 나가보겠습니다.

스님이 조용히 합장을 하고 방을 나갔다. 스님이 나간 작은 절 방 안에는 찻잔 안에서 활짝 꽃을 피운 꽃송이, 그리고 내가 있었다. 나는 문득 꽃잎을 피운 꽃에게 찻잔이 몹시 좁을 것 같다는 생각을 하면서 찻잔을 들어 꽃차를 마시기 시작했다. 향긋한 꽃잎의 끝자락이 코에 닿아 간지러웠다. 코 끝에서부터 되살아나기 시작한 감각이 온몸에 번지기 시작했다. 몸의 감각이 살아나자 이상하게도 가슴이 뛰었다. 가슴이 뛰자 우울해졌다. 나는 오늘 죽어야 할 사람이었다. 나는 차를 다 마시지 못했다. 마시던 찻잔을 조심스럽게 내려놓았다. 그리고 방을 나왔다.

스님은 서황사 마당의 대웅전 앞에서 어떤 부인과 담소를 나누고 있었다. 부인은 하얀 저고리와 치마를 입고 있었다. 과부인 것 같았다. 아마도 그 부인은 죽은 남편의 위패를 모셔놓고 불공을 드리러 온 모양이었다. 담소를 나누고 있는 그들 뒤편으로는 검은 옷을 입고 검은 삿갓을 쓴 남자 한 명이 보였다. 마당을 서성이고 있는 그 남자는 몹시 키가 컸다. 부인과 일행인 것 같았다. 내가 방에서 나온 것을 본 그들이 나에게 가벼운 합장을 했다. 나도 그들을 따라 가볍게 합장을 했다.

나는 명부전冥府殿을 찾았다. 명부전은 위패가 모셔져 있는 곳이다. 서황사의 대웅전과는 거리가 있어 산길을 조금 걸었다. 명부전 안에는 지옥의 중생을 구하기 위해 지옥에 들어가 있다는 지장보살이 모셔져 있었다. 그 밑에는 시왕들이 지장보살을 보좌하고 있었다. 죽은 이들의 위패는 그 밑에 모셔져 있었다. 나는 다시 한 번 떠올리는 것조차 익숙하지 않은 남편의 이름을 어렵사리 기억해냈다. 그리고 명부전에 있는 몇 개 되지 않는 위패를 훑어보았다. 하지만 아무리 확인해보아도 남편의 위패는 찾을 수 없었다.

문득 이곳은 남편의 위패가 아닌 나의 위패를 세워야 할 명부전이라는 것을 깨달았다. 나도 모르게 저고리 안의 은장도를 확인했다. 나는 오래전에 죽은 얼굴 모를 남편이 아닌 이곳에 서 있는 나를 위해 제를 올리기로 했다. 나는 지장보살 앞으로 갔다. 절이란 곳은 어렸을 적 몇 번 와본 것이 고작이라, 제를 올리는 방법은 몰랐다. 나는 다만 지장보살 앞에 놓여 있는 향에 불을 붙이고 쉬지 않고 절을 할 뿐이었다. 얼마 지나지 않아 허리가 끊어질 듯 아파왔다. 나는 저고리 안에서 다시 은장도를 꺼냈다. 칼집에서 칼을 뽑았다. 이번에는 무슨 일이 있어도 죽어야 한다. 나는 칼날을 목에 가져다 댔다. 눈을 감았다. 그리고 감은 눈에 힘을 주었다.

〈연화전〉,
세 번째 이야기

늦은 아침, 연균은 연화가 떠난 최 대감 집 뒤뜰의 담을 타넘고 있다. 담을 타는 연균의 움직임이 몹시 둔했다. 연균은 아직 술이 덜 깼는지 힘겹게 담 위로 올랐다. 연균이 쿵, 하는 소리와 함께 안채의 뒤뜰 마당으로 떨어졌다. 연균의 옷매무새가 몹시 흐트러져 있었다. 어디서 주워온 것인지 연균은 마른풀을 한 무더기 손에 쥐고 있었다. 연균은 손에 쥐고 있던 마른풀을 연화의 방 안에 놓았다. 그리고 연균은 연화의 방문 앞에 가만히 귀를 대어보았다. 인기척이 느껴지지 않았다. 방문 아래를 내려다보니 신발도 없었다. 연균은 황급히 연화의 방문을 열었다. 방 안은 텅 비어 있었다.

연균의 얼굴이 사색이 되며 표정이 일그러졌다. 연균은 빠른 걸음으로 뒤뜰을 나와 안채로 향했다. 안채는 여느 때와 다름없는 모습이었다. 대청에서 바느질을 하고 있는 연균의 부인과, 작은 목소리로 담소를 나누며 함께 다림질을 하고 있는 두 명의 첩, 마룻바닥에 걸레질을 하고 있는 여종 한 명과 마당을 쓸고 있는 여종 한 명이 있었다. 연균은 안채에 있는 여자들을 한 명씩 붙잡고 연화의 행방을 물었다. 연균의 질문을 받은 안채의 여자들은 하나같이 얼굴을 찌푸리며 모른다는 대답을 할 뿐이었다.

연균은 어머니가 있는 큰 안방의 문을 열었다. 문이 부서질 듯 덜컹거렸다. 최 대감부인은 방 안에 가만히 앉아 머리를 매만지고 있었다. 연균의 행동에 기분이 상한 최 대감부인이 연균을 쏘아보며 말했다.

—아침부터 버릇없이 이게 무슨 짓이냐!

연균이 아랑곳 않고 최 대감부인에게 물었다.

— 형수님을 어디로 보냈습니까?

최 대감부인은 연균을 쏘아보는 눈빛을 거두지 않은 채 대답했다.

— 나는 모른다.

연균이 소리를 질렀다.

— 어디로 보냈습니까?

최 대감부인은 어쩔 수 없다는 듯 혀를 차며 연균에게 약도를 던졌다.

— 그럼 가서 죽었는지 살았는지 확인이나 해보거라.

연균은 최 대감부인이 던진 약도를 집어들자마자 안채 밖으로 뛰어나갔다. 최 대감부인이 연균의 뒷모습을 노려보았다.

연균은 마구간에서 말을 한 필 꺼내 타고 서황사로 향했다. 연화를 서황사까지 보낸 것을 보니 집안에서 자객까지 보낸 것은 아닌 것 같았다. 아마도 연화의 성정을 이용해 자결을 종용했을 확률이 클 것이다. 연균은 달리는 말 위에서 죽은 형을 떠올렸다.

선균은 못난 형이었다. 형은 혼담이 오갈 무렵 하룻밤

상대에게 한눈을 팔아 이성을 잃었다. 이성을 잃은 형은 부모님에게 사랑하는 사람이 있다며 그 사람과 혼인시켜 달라고 애원했다. 하지만 형이 말하는 그 여자는 천출이었다. 당연히 부모님은 형의 말을 들어주지 않았다. 그 무렵 우연히 형의 부인이 될 사람을 보게 된 나는 부모님에게 형 대신 나를 그녀와 혼인시켜 달라고 간청했다. 하지만 부모님은 나에게 밤마다 계집질을 해대더니 드디어 미친 것이냐며 나의 간청을 무시했고, 무리하게 형의 혼사를 추진했다. 형은 결국 혼서지가 오간 날 밤 시체로 발견되었다. 형의 얼굴은 알아보기 힘들 정도로 짓이겨져 있었고, 음경과 고환이 잘려나간 채 발견되었다고 한다. 처참하게 죽은 형의 시체를 본 뒤로 한동안 밥상 앞에서 토악질을 했다. 유난히 형을 아꼈던 할머니는 시름시름 앓다가 며칠 뒤 돌아가셨고 어머니는 한동안 몸져누워 몇 달을 일어나지 못했다.

나는 형을 도저히 이해할 수가 없었다. 혼인이 결정되었으면 혼인을 하고, 눈에 들어오는 계집이 있으면 품으면 되는 것이었다. 품은 계집이 아이를 가지면 첩으로 들이고, 마음에 안 들면 내치면 되는 세상이었다. 아무리 계집질을 하고 첩을 들여도 문제가 되지 않는 세상이었다. 하지만 형은 그렇게 하지 않았다. 형은 유독 촌스럽게 유난을 떨어 많은 사람을 사지로 몰아넣었다. 형의 얼굴도 한 번 본 적이 없는 형수가 형에게 시집을 오게 되었고, 이제는 십 년 전 죽은 형 때문에 죽게 생겼다. 벼슬자리 따위에는 관심이 없는 나까지 형수를 죽여서 그 잘난 벼슬자리를 얻게 생겼다. 집안에서는 벼슬자리의 자격 조건을 얻어주기 위해 죽어도 가고 싶지 않은 과거시험장에 나를 밀어넣을 것이다.

연균은 기억에서 형을 몰아내기 위해 세차게 머리를 흔들었다. 분노에 찬 손길로 말을 채찍질하던 연균이 서황사에 도착했다. 말에서 뛰어내린 연균은 말을 제대로 묶어두지도 않은 채 연화를 찾았다. 명부전 안에 죽은 듯이 앉아 있는 연화를 발견한 연균은 숨을 가다듬었다. 그리고 숨을 다 내쉬기도 전에 연화가 칼을 뽑아 목으로 가져가는 것을 보았다. 연균은 명부전 안으로 뛰어 들어가 칼을 든 연화의 손을 낚아채었다. 연화가 놀란 눈으로 연균을 보며 낮은 목소리로 외쳤다.

— 이게 무슨 짓입니까?

— 형수야 말로 왜 여기에 계시는 겁니까?

— 저는 지금 제가 해야 할 일을 하러 왔을 뿐입니다.

— 당장 나오십시오!

연균은 연화의 손목을 잡고 연화를 서황사 밖으로 끌어냈다. 해가 중천에 떠 있을 오시였지만 숲은 나무로 둘러싸여 있어 해질 무렵처럼 어두컴컴했다. 서황사 주변은 유난히 나무가 빽빽하게 자라나 있었다. 그래서 서황사를 짓느라 길과 땅을 만들어놓은 곳을 제외하고는 어느 곳에 발을 디디더라도 으슥한 느낌이 들었다. 연균이 연화의 손목을 잡아끌고 나온 곳도 역시 서황사 부근의 으슥한 곳이었다. 연화가 초연한 목소리로 물었다.

— 저를 죽이러 오셨습니까?

연균은 연화의 말에 대답하지 않은 채 말을 꺼냈다.

— 절에 다니는 것은 불온한 행동입니다.

연화가 연균에게 잡힌 손목을 빼내려 했지만 쉽지 않았다.

— 불온한 것은 나쁜 것이 아닙니다. 불온한 것보다 불손한 것이 훨씬 더 나쁩니다. 잡고 있는 이 손이나 놓아주시지요.

연화를 잡은 손을 놓은 연균은 단호하게 말했다.

— 제 말대로 하는 것이 당신의 유일한 살길입니다.

연화 역시 단호한 목소리로 대답했다.

— 저는 살길을 찾아 이곳에 온 것이 아닙니다.

연균이 다시 연화의 팔을 잡고 다급하게 말을 이었다.

— 그러지 말고 내가 마련한 거처로 갑시다.

급기야는 연화가 목소리를 높여 말했다.

— 저는 더 이상 당신의 얼굴을 보고 싶지 않습니다.

그러자 연균도 목소리를 높여 말했다. 연화의 팔을 잡은 손에 더욱 힘을 주었다.

— 형수의 정혼자는 원래 형님이 아니라 저였습니다!

순간 놀란 표정을 짓던 연화는 다시 표정을 바꾸어 말했다.

— 듣던 중 반가운 소리입니다. 그럼 남편 대신 당신이 죽었을 것입니다!

연화의 말을 들은 연균은 짧은 시간 동안 머릿속이 하얘지는 느낌을 받았다. 연화가 숨을 가쁘게 내쉬고 있었다. 문득 자신의 아랫배가 뜨거워지는 것을 느꼈다. 연균은 새삼 이곳은 안채의 뒤뜰이 아니라 사람이 거의 다니지 않는 산 속이라는 사실을 깨달았다. 하늘을 올려다보았다. 나뭇가지가 태양을 가려주고 있었다.

연균은 무작정 연화의 옷고름을 잡아 당겼다. 저고리가 반쯤 벗겨졌다. 벗겨진 저고리 사이로 연화의 흰 어깨가 드러났다. 연화의 저고리 사이로 손을 넣어 연화의 어깨를 잡은 연균은 연화를 자신의 앞으로 끌어당겨 입을 맞추었다. 연균은 연화가 아무 말 없이 자신을 받아들이는 것을 보고 자기도 모르게 눈을 감았다. 하지만 눈을 감은 지 얼마 지나지 않아 연균은 차가운 금속의 감촉을 느끼고 눈을 떴다. 연화가 은장도의 날 없는 부분으로 연균의 얼굴과 자신의 얼굴 사이를 서서히 가르고 있었다.

연화의 세 번째 이야기

기가 막혔다. 연균이 나의 몸을 끌어당겼다. 눈앞으로 연균의 얼굴이 점점 가까워지고 있었다. 팔에 소름이 돋았다. 힘으로 그를 밀어내려 해보았지만 쉽지 않았다. 불행인지 다행인지 연균은 눈을 감고 있었다. 연균은 내가 품에서 은장도를 꺼내는데도 모를 정도로 정신이 어딘가로 나가 있는 상태였다. 나는 칼집에서 칼을 뽑아 날 없는 부분으로 연균의 얼굴과 나의 얼굴 사이를 갈라냈다.

연균이 눈을 크게 뜨고 얼굴을 떼었다. 연균은 나의 손에 들려 있는 은장도를 빼앗았다. 연균의 손아귀 힘에 무력하게 칼을 빼앗길 수밖에 없는 내가 한스러웠다. 다행히 연균은 빼앗은 은장도를 바닥에 던져버렸다. 나는 은장도를 다시 집어들고 그에게 건네며 말했다.

— 제발 나를 그냥 죽이십시오.

정말 차라리 그가 나를 죽여주었으면 좋겠다는 생각을 했다. 나의 말을 들은 연균이 대답했다.

— 저는 당신을 죽이려고 온 것이 아닙니다. 십 년을 기다려왔습니다.

또다시 기가 막혔다. 이렇게 내가 집에서 쫓겨날 날을 기다려 겁탈하기만을 손꼽아 기다려왔다는 말인가. 아니나 다를까 연균은 말도 채 끝맺기 전에 나의 저고리를 찢어버릴 기세로 벗겨냈다. 나는 치마만 걸친 채 아무도 없는 깊은 산중에 시동생과 마주 보고 서 있는 꼴이 되었다. 연균은 이어서 나의 치마를 동여맨 가슴끈을 풀어내려 했다. 하지만 연균은 나의 가슴끈을 쉽사리 풀어내지 못했다. 제아무리 많은 여자를 품었던 한량이라 하더라도 숨을 쉴 수 없을 정도로 여러 번 동여맨 과부의 가슴끈은 풀어본 적이 없었을 것이다.

내가 코웃음을 치고 있는 사이에 연균은 허리를 숙였다. 치마를 걷어내고 속곳을 벗기려는 모양이었다. 나는 무방비로 허리를 굽힌 연균을 보고 바닥에 떨어진 은장도를 집어들었다. 순간 수많은 생각들이 머리를 스쳐 지나갔다. 어렸을 적 어머니가 권했던 책에서는 처녀가 겁탈을 당할 위험에 처했을 경우 스스로 죽음을 택했었다. 낯선 사내에게 손목을 잡히고 그 손목을 잘라버렸다는 이야기도 있었다. 어렸을 적 나는 그런 이야기들을 몹시 증오했었다. 하지만 뒤뜰 골방에서 훔쳐 읽던 소설의 주인공들은 그렇지 않았다. 문득 몸 안에 피가 도는 것이 느껴졌다. 나는 오늘까지 죽으려고 각오하고 다짐했던 생각을 바꾸었다.

나는 손에 든 은장도로 허리를 굽히고 있는 연균의 뒷목에 칼끝을 겨누었다. 하지만 막상 누군가의 목에 칼을 겨누려니 수전증에 걸린 사람처럼 손이 떨렸다. 그렇게 쉽게 칼을 내리꽂지 못하고 망설이고 있던 찰나였다. 갑자기 어떤 여자가 돌을 들어 순간적으로 연균의 후두부를 내리쳐 연균을 기절시켰다. 동시에 어떤 남자가 나의 뒤로 다가와 한 손으로 은장도를 쥐고 있는 나의 손을 힘 있게 감싸쥐었다.

나는 그만 긴장이 풀려 뒤에서 나의 손을 잡고 있는 남자의 어깨에 힘없이 기대어버렸다. 남자는 다른 한 손으로 내가 들고 있던 은장도를 빼내며 물었다.

— 괜찮습니까?

연균의 옆에 앉아 맥을 짚어보고 살아 있다는 것을 확인한 여자가 나를 올려다보며 말했다. 여유로워 보이는 얼굴이었다.

— 부인, 쓸 만한 서생 같은데 이렇게 손쉽게 손상시키면 안 되지요. 이 쓰러진 서생은 일단 아껴두고 내 집으로 갑시다. 내가 이보다 더 재미있는 방법을 알려줄 테니……

여자가 무슨 의중으로 그런 말을 꺼냈는지는 알 수 없었지만 이상하게 안심이 되었다. 흰 옷과 흰 장옷을 걸친 것을 보니 서황사 마당에서 보았던 과부인 것 같았다. 남자 역시 검은 옷과 검은 삿갓을 쓰고 있는 것으로 보아 서황사 마당을 서성이던 사람이었다. 흰 옷을 입은 여자는 자신을 심간지당, 검은 옷을 입은 남자를 춘삼이라고 소개하며 인사를 건넸다.

나는 문득 내가 지금 이 사람들 앞에서 어깨를 드러내고 있다는 사실을 깨닫고 어깨를 잔뜩 움츠렸다. 바닥에 떨어진 나의 저고리가 찢어져 있었다. 심간지당이 나를 보더니 장옷을 벗었다. 그리고 이어서 흰 저고리를 벗었다. 나는 너무나도 당당하게 옷을 벗어던지는 그녀를 차마 똑바로 바라보지 못한 채 물었다.

— 저고리를 주시면 당신은 무엇을……

심간지당은 말이 끝나기도 전에 춘삼에게 자신의 흰 저고리를 던졌다. 춘삼이 흰 저고리를 받아 나에게 내밀었다. 나는 바닥에 시선을 둔 채 흰 저고리를 주섬주섬 입고 심간지당을 보았다. 그리고 그녀를 본 나는 몹시 놀랐다. 심간지당은 짙은 치자색의 비단 저고리를 입고 있었다. 심간지당이 대수롭지 않은 일이라는 듯이 말했다.

— 색깔이 안 맞는군.

심간지당이 흰 치마를 벗어 던졌다. 화려한 쪽빛의 풍성한 비단치마가 드러났다. 연균의 처가 입는 옷들보다 더 화려한 옷이었다. 춘삼이 저고리를 입은 나에게 다시 장옷을 덮어주었다. 흰 옷을 벗어 던진 심간지당은 다시 한 번 연균의 상태를 살피고 있었다. 심간지당이 춘삼에게 말했다.

— 부인을 모시고 먼저 내려가게. 나도 곧 따라 내려가겠네.

나는 장옷의 옷깃을 여몄다. 손으로 땅을 짚고 일어나려는데 다리가 말을 듣지 않았다. 춘삼이 등을 내밀었다. 넓은 등이었다. 나는 하는 수 없이 춘삼의 등에 업혔다. 춘삼이 가볍게 나를 업고 산을 내려가기 시작했다.

〈연화전〉, 네 번째 이야기

연화는 심간지당의 집의 가장 구석진 방에서 해가 질 무렵까지 누워 있었다. 연화는 창밖으로 어둠이 내린 뒤에야 눈을 떴다. 창문부터 활짝 열어젖힌 연화는 자신이 덮고 자던 이불을 개어 방 한구석에 가지런히 쌓아두고 문밖으로 나왔다. 그리고 고맙다는 인사를 전하기 위해 심간지당의 방으로 향했다.

심간지당도 늦잠을 자기는 마찬가지였다. 담 너머로 해가 떨어지자 비로소 일어난 심간지당은 옷장부터 열어젖혔다. 옷장 안에는 화려한 빛깔의 비단옷들이 가지런히 개어져 쌓여 있었다. 심간지당은 그중 하나를 골라 방바닥에 내려놓았다. 제비꽃 빛깔의 비단치마가 방 안에 펼쳐졌다. 심간지당은 낮 동안 입고 다녔던 하얀 무명저고리와 치마를 벗어 바닥에 내려놓았다. 속치마가 드러났다. 화려한 수가 놓여 있는 속치마였다. 심간지당은 바닥에 내려놓았던 제비꽃 빛깔의 비단치마를 들어 속치마에 대어보았다. 심간지당은 만족한 표정으로 제비꽃 빛깔의 비단치마를 둘렀다. 그리고 분홍빛의 저고리를 골라 입고 정성스럽게 옷고름을 맸다.

옷을 다 입은 심간지당은 작은 함을 열어 반지를 꺼냈다. 손에 반지를 끼려던 심간지당이 문득 인기척을 느끼고 문 쪽을 바라보았다. 사람의 그림자가 어른거리고 있었다. 심간지당이 입을 열었다.

— 그렇게 서 있지 말고 안으로 들어오게.

연화였다. 연화는 어제 심간지당으로부터 받은 흰 저고리와 치마를 입고 있었다. 연화가 다소곳이 고개를 숙인 채 말을 꺼냈다.

—무슨 말씀부터 드려야 할지……

심간지당이 방 안에 서 있는 연화에게 말했다.

—말씀은 됐네. 그보다 먼저 이리로 와서 옷부터 좀 골라보게.

심간지당은 연화의 손을 잡아끌었다. 연화는 잠시 망설이다가 바닥에 떨어져 있는 허름한 흰 저고리와 치마를 집어들었다. 흰 옷을 집어드는 연화를 보고 심간지당이 말했다.

—그건 내가 입을 옷일세.

심간지당이 연화가 집어든 흰 옷을 낚아챘다. 심간지당은 낚아챈 흰 저고리를 분홍빛 저고리에 덧입고, 제비꽃 빛깔의 치마에 흰 치마를 덧입었다. 연화는 심간지당이 옷을 입는 모습을 멀뚱히 바라보고 있었다. 심간지당이 입을 열었다.

—내 꼴이 신기한가? 아니면 우스운가? 하지만 자네는 굳이 이런 해괴한 짓을 하지 않아도 되네. 최 대감 집 첫째 며느리는 어제부로 죽었네. 그러니 앞으로 자네는 더 이상 눈치를 보며 흰 옷을 입을 필요가 없네.

— ……

— 연화.

— …… 네?

— 그게 자네 이름 아닌가. 앞으로 자네는 연화로 살아야 하네.

심간지당은 연화의 손을 이끌고 옷장 앞으로 갔다. 그리고 이 옷 저 옷을 꺼내어 연화의 얼굴에 대어보았다.

— 어찌 그동안 흰 옷만 입었는가, 이렇게 화려한 색이 잘 받는데. 자네, 이 옷 입고 나와 함께 어디 좀 가볼 생각 없는가?

연화가 어리둥절해하며 말을 꺼냈다.

— 지금 말입니까? 벌써 유시를 넘어 술시가 다 되어갑니다.

연화의 말을 들은 심간지당이 대답했다.

— 하하하, 술시? 술시면 나에게는 매우 이른 시각일세.

연화가 머뭇거리며 밤길을 걸을 자신이 있을지 모르겠다고 말을 이었다. 심간지당은 목소리를 낮추고 자못 심각한 듯이 말을 꺼냈다.

— 강요하는 것은 아닐세. 하지만 내가 나가면 이 집에

사내종들밖에 남지 않는다네. 자네의 미색을 봤다면 지금쯤 몸이 몹시 달아 있을 텐데, 그래도 이 집에 남겠는가?

심간지당의 말을 들은 연화가 당황하며 얼굴을 붉혔다. 연화의 붉어진 얼굴을 본 심간지당이 호탕하게 웃으며 말했다.

— 하하. 이 사람아, 농일세.

심간지당은 어리둥절한 표정으로 서 있는 연화의 어깨를 토닥였다. 문밖에서 춘삼의 목소리가 들렸다.

— 갈 시간이 넘었습니다.

— 곧 나가겠네.

문밖의 춘삼에게 대답을 한 뒤 심간지당은 옷을 한 벌 집어 연화에게 내밀었다. 연화는 주섬주섬 옷을 입었다. 치마의 밑단에 화려한 꽃무늬가 수놓아져 있었다.

심간지당의 집에서 매월의 주막까지는 결코 가까운 거리가 아니었다. 심간지당의 집에서 매월 주막까지 걷는 동안 시간은 술시에서 해시로 넘어갔다. 매월 주막은 파하는 분위기였다. 매월은 부엌에서 뒷정리를 하고 있고 남아 있는 손님은 두 명밖에 없었다. 그나마 남아 있던 손님마저도

슬슬 일어날 준비를 하고 있었다. 심간지당이 연화와 춘삼에게 말했다.

— 자네들은 잠깐 여기 있게.

심간지당이 매월이 있는 부엌으로 들어갔다. 매월은 이미 부엌을 다 정리한 뒤 새로 전을 부치고 있었다. 심간지당이 아직 다 익지도 않은 전의 끝부분을 조금 뜯어먹었다. 매월이 전을 뜯고 있는 심간지당의 손을 가볍게 쳐내며 물었다.

— 문밖에 있는 저 처자는 누구인가? 거참, 아주 영민해 보이는 관상일세.

— 집안에서 내쳐진 과부인데 어떻게 인연이 닿아 들이게 되었네. 오늘부터 내 집에서 지내게 되었지.

매월이 심간지당의 어깨를 툭 치며 말했다.

— 자네 이젠 집에 여자도 들이는가?

심간지당은 매월의 말을 무시한 채 말을 이었다.

— 잘 다듬으면 꽤 쓸 만한 재목일세.

심간지당의 말을 들은 매월이 크게 한번 웃고 난 뒤 다시 말을 이었다.

— 하하하, 자네 관상공부 다시 해야겠네. 한동안 운우

지정을 모르더니 많이 재미있어졌어. 이제 그만 금욕 생활 청산하고 정신 차리게. 자꾸 참고 사니까 엉뚱한 웃감만 사들이는 거 아닌가.

심간지당이 발끈하며 말했다.

—난 이제 남자보다 비단이 좋네. 그리고 십 년이면 물길도 바뀐다는데 자네 언제까지 재미도 없는 내 과거사를 들먹일 것인가?

매월은 발끈한 심간지당의 등을 토닥이며 말을 이었다.

—허허, 그러지 말게. 자네의 화려한 과거사는 자네만의 것이 아닐세. 내 상상력의 원천이란 말일세. 자네가 아니었다면 내가 어찌 그 많은 염정 소설들을 써나갈 수 있었겠는가.

—됐네. 지금은 쓰지도 않는 그놈의 염정 소설은 왜 또 들먹이는가?

심간지당이 매월의 손을 뿌리쳤다. 매월은 눈을 크게 뜨고 목소리를 높여 되물었다.

—내 이야기가 필요하다며 울며 매달릴 때가 엊그제 같은데?

매월의 말에 심간지당이 어린아이처럼 새쭉한 표정을

지었다.

—내가 언제 울며 매달렸다고 하는가. 까마득히 어렸을 적 내가 잠시 사람을 잘못 보았네. 난 이제 합평회를 하러 가야겠으니 전이나 계속 부치시게나.

지글거리는 소리를 내며 전이 익어갔다. 매월이 전을 뒤집으며 말했다.

—합평회? 그 비단옷 합평회 말인가?

심간지당은 매월의 말을 무시하고 부엌을 나와 부엌 뒷방으로 들어갔다. 심간지당은 방에 들어서자마자 겉에다 걸쳤던 흰 저고리와 치마부터 벗어버렸다. 벗은 옷을 아무렇게나 놓아둔 심간지당은 아랫목에 자리를 잡고 앉았다. 얼마 지나지 않아 하나 둘씩 과부들이 도착하기 시작했다. 도착한 과부들은 방금 전 심간지당이 그랬던 것처럼 장옷과 흰 옷을 차례로 벗었다. 흰 옷을 걷어낸 과부들은 하나같이 화려한 복색을 갖추고 있다.

심간지당을 포함해 다섯 명의 과부가 방 안에 자리를 잡고 앉았다. 얼추 다 모였다고 판단한 심간지당이 분위기를 잡고 말을 꺼냈다.

—이제부터 청운계의 소설 합평회를 시작하겠소. 아무

래도 겨울에는 집안 일들이 많지 않으니 좋은 작품이 많이 나왔을 거라 생각하오. 자, 각자 이번 겨울 동안 쓴 작품들을 꺼내시오.

심간지당이 과부들을 둘러보았다. 하지만 과부들은 서로의 눈치만 볼 뿐 아무도 작품을 내놓는 사람이 없었다. 흰 옷을 벗어 화려한 옷을 드러낼 때와는 사뭇 다른 표정들이다. 방 안은 마치 사람이 없는 것처럼 조용했다. 심간지당이 다시 헛기침을 하며 말을 꺼냈다.

— 허허, 쑥스러워하지 말고 누구든 먼저 내놓으시오. 우리가 합평회를 하루 이틀 하오?

과부들은 여전히 방바닥만 쳐다볼 뿐 말이 없었다. 과부 하나가 심간지당 앞으로 종이 묶음을 내밀었다. 종이 묶음에서 한 장을 꺼내 펼쳐본 심간지당의 표정이 일그러졌다. 심간지당이 목소리를 높였다.

— 이것은 남의 글을 필사한 것이지 않소. 언제까지 이런 식으로 어물쩍 때울 것이오? 괜한 짓 하지 말고 이제 제발 좀 자기 글을 쓰란 말이오.

종이 묶음을 가져온 과부 옆에 조용히 앉아 있던 또 다른 과부가 조심스레 말을 꺼냈다.

—글이란 게 그리 쉽게 써지는 것이오? 영감이 떠올라야 쓰는 것 아니오?

과부의 말을 들은 심간지당이 혀를 차며 말했다.

— 영감? 붓이라도 잡아보고 그런 말을 하시오 좀. 영감이란 것도 붓을 잡아야 떠오르는 것이오.

심간지당의 말을 들은 과부들은 하나씩 자신의 변명들을 꺼내기 시작했다. 과부들은 각각 이번 달 제사가 많아 글을 쓸 여유가 없었다든지, 가진 재주가 미천해 도저히 글을 쓸 수가 없다든지, 누군가가 재촉을 하면 못 쓰겠다든지 하는 말들을 기다렸다는 듯이 쏟아냈다. 적막하던 방 안이 갑자기 소란스러워졌다. 그런 과부들을 보며 잠시 조용히 있던 심간지당이 갑자기 방바닥을 탕탕 두드리며 말을 꺼냈다.

—앞으로도 이런 식으로 하겠다면 작품이 나올 때까지 청운계의 이번 축제는 무기한 연기할 것이오. 다들 그렇게 아시오!

순간적으로 방 안이 조용해졌다. 청운계의 축제는 햇수로 아홉 해를 맞이하는 연례행사였다. 청운계가 만들어진 지 한 해가 지났을 때, 심간지당은 남녀 간의 은밀한 운우

지정을 묘사하기 힘들다는 과부들을 위해 위험을 무릅쓰고 이 축제를 기획하게 되었다.

매년 봄 한양에서는 정기적으로 과거시험이 치러지고 있었다. 그래서 젊은 서생들은 봄마다 한양으로 모여들었고 심간지당은 그때를 노렸다. 먼저 심간지당은 조용히 운종가를 둘러보며 적당한 서생을 물색했다. 주로 얼굴을 보는 것만으로도 몸이 동할 만큼 미색이 출중하면서도 그다지 학문에는 뜻이 없어 보이는 자가 그 대상이 되었다. 적당한 서생을 찾으면 심간지당은 먼저 사람을 통해 서생이 머무는 곳을 캐었고, 그가 머무는 곳을 알아내면 춘삼에게 알렸다. 그렇게 춘삼에게 알리고 난 심간지당은 청운계 회원들을 모아 제비뽑기를 통해 서생과 하룻밤을 보낼 과부를 뽑았다.

심간지당의 신중한 선택 때문인지 과부와 하룻밤을 보내게 된 서생들은 비록 납치되어 온 것이었지만 대체로 큰 문제를 일으키지 않았다. 오히려 함께 하룻밤을 보낸 과부와 정분이 나는 일도 있었다. 몇 번 그런 일이 생기자 이 기회에 젊고 잘생긴 정부 하나 두기를 은근히 바라는 과부들도 생겨났다. 그렇게 청운계의 축제는 청운계의 과부들이 손을 꼽아 기다리는 날이었다. 하지만 심간지당이 위험 부담을 떠안고 기획한 만큼의 효과는 전혀 나오지 않았다. 은밀한 운우지정의 섬세한 묘사는커녕 어설프게 완성된 소설 한 편을 뽑아내는 것조차 힘들었다.

청운계의 축제를 무기한 연기한다는 말에 과부들은 당황스러운 눈빛으로 심간지당을 쳐다보았다. 방 안의 분위기가 몹시 침울해졌다.

때마침 매월이 한참 동안 부치던 전을 소쿠리에 담아 들고 방으로 들어왔다. 매월이 소쿠리 안의 전을 찢으며 샐쭉하게 입을 다물고 앉아 있는 심간지당에게 말을 건넸다.

— 보아하니 오늘도 내가 나서야 할 분위기구랴. 자네는 나 없으면 어쩔 뻔했나?

심간지당이 마지못해 건성으로 대답했다.

— 고맙네. 자네 덕분에 내가 내 식솔들도 먹여 살리고 이 오합지졸 같은 청운계도 운영하고 있네.

심간지당이 쓴웃음을 지었다. 불현듯 주막 마당에 서 있던 연화와 춘삼이 생각난 매월이 심간지당에게 물었다.

— 그나저나 저 젊은 처자와 춘삼이는 왜 밖에다 세워두는가?

—꼴이 이럴 줄 알고 미리 들이지 않은 것 아닌가!

심간지당이 과부들에게 역정을 내고 토라졌다. 심간지당은 방 한구석으로 몸을 옮겨 벽 모서리에 잔뜩 몸을 밀어 넣었다. 이렇게 심간지당은 매월이 옆에 있을 때면 종종 어린아이 같은 행동을 하곤 했다. 매월이 그런 심간지당을 보고 말했다.

—그러지 말고 내가 이야기를 시작할 테니 밖에 있는 젊은 청춘들을 안으로 들이게.

매월이 방 한구석에서 북과 북채를 끌어왔다. 북채를 손에 든 매월이 가만히 눈을 감았다. 매월을 중심으로 과부들이 둥글게 둘러앉았다. 심간지당이 방문을 열어젖히며 춘삼과 연화에게 들어오라는 손짓을 했다.

연화가 조심스레 방 안으로 들어왔다. 춘삼이 연화의 뒤를 따라 들어왔다. 연화와 춘삼은 적당히 방 안의 빈 공간을 찾아 나란히 앉았다. 연화의 옆에 앉은 춘삼이 연화의 귀에 대고 작은 목소리로 일러주었다.

—저분들도 당신과 같은 과부들입니다.

그 모습을 본 과부 한 명이 웃으며 말했다.

—젊은 청춘들이라 그런지 잠시 붙여놓아도 정분이 나

는구랴.

—조용히 하게.

심간지당이 과부에게 눈치를 주었다. 매월이 북채를 고쳐 잡고 한 손으로 북면을 치며 말을 꺼냈다.

—자, 판이 만들어졌으니 소리를 시작해볼까?

좋소, 하고 과부들이 추임새를 넣었다. 잠시 연화의 등장으로 산만해졌던 과부들의 시선이 순식간에 매월 쪽으로 향했다. 크진 않았지만 사람을 끌어당기는 목소리였다. 매월이 이야기를 이어갔다.

—중년에 예사롭지 않은 일이 있었지.

본격적으로 이야기를 꺼낸 매월이 북채로 장단을 맞추기 시작했다. 매월이 박자를 맞추기 시작하자 춘삼은 들고 온 꾸러미를 풀었다. 춘삼이 가져온 꾸러미 안에는 종이와 먹물과 붓이 들어 있었다. 춘삼은 종이 한 장을 바닥에 펼치고 미리 갈아온 먹물을 벼루에 부었다. 춘삼이 붓을 들어 먹물을 듬뿍 찍었다. 매월이 이야기를 시작했다.

평안도 월경촌에 계집 하나가 있었는데, 얼굴을 볼작시면 춘이월 반만 핀 도화가 귀밑머리에 어리었고, 초생에 지는 달빛은 아름다운 눈썹 사이에 비치었지. 앵두같이 고운 입은 빛난 당채 주홍붓으로 세차게 꾹 찍은 듯하고, 세류같이 가는 허리는 봄바람에 흐늘흐늘하며, 찡그리며 웃는 것과 말하며 걷는 태도는 서시와 포사라도 따를 수가 없었지마는, 사주에 청상살이 겹겹이 쌓였기 때문에 남편의 상고를 당하여도 징글징글하고 지긋지긋하게 단콩 주워 먹듯 하였어.

열다섯에 얻은 서방은 첫날밤 잠자리에서 급상한으로 죽고, 열여섯에 얻은 서방은 화류병에 죽고, 열일곱에 얻은 서방은 문둥병에 죽고, 열여덟에 얻은 서방은 벼락 맞아 죽고, 열아홉에 얻은 서방은 천하에 대적으로 포도청에 떨어지고, 스무 살에 얻은 서방은 비상 먹고 돌아가니, 서방에 싫증이 나고 송장 치기에 신물이 날 지경이었지.[5]

얼씨구, 하고 과부들이 웃음을 터뜨리며 다시 추임새를 넣었다. 연화도 얼떨결에 따라 웃었다. 익숙한 솜씨로 매월의 이야기를 글로 받아 적던 춘삼이 붓놀림을 멈추었다.

춘삼은 종이를 추려 심간지당에게 주었다. 춘삼으로부

5 〈변강쇠전〉 인용.

터 종이를 받아 드는 심간지당의 표정이 좋지 않았다. 이걸로는 안 돼, 새로운 이야기가 필요해. 종이를 펼쳐 글을 읽어내려가던 심간지당이 중얼거렸다.

노래를 마친 매월이 방을 나갔다 들어왔다. 매월은 큰 술동이와 술잔을 방 안으로 들였다. 매월이 뿌듯한 표정으로 말을 했다.

—마고할미의 천일주天日酒일세. 주막을 열고 처음 꺼내는 술이지. 새로 온 자네부터 먼저 한 잔 받게나.

마고할미의 천일주라는 말에 과부들이 술동이 주변으로 모여들었다. 마고할미의 천일주는 전설 속의 술이었다. 빚은 지 천일이 지나야 마실 수 있고 마시면 천일이 지나야 깬다고 해서 천일주였다. 하지만 세상에 존재하는 술은 아니었다. 매월이 꺼낸 술은 혼돈주混沌酒였다. 혼돈주는 소주와 막걸리를 반반씩 넣어서 만든 술이었다. 천일주처럼 천일 뒤에 술에서 깨어날 정도는 아니었지만 혼돈주도 만만한 술은 아니었다. 매월이 혼돈주를 가득 부은 술잔을 연화에게 건넸다. 그 모습을 본 심간지당이 쟁반에 놓인 술잔을 집어들고 매월 앞으로 내밀며 말했다.

—마고할미의 천일주라니, 좀더 그럴싸한 이름은 없나?

매월이 심간지당을 보며 살짝 눈을 흘겼다. 그리고 방 안의 모든 과부들에게 혼돈주를 담은 술잔을 돌리기 시작했다. 혼돈주의 맛을 본 사람들은 매월이 거듭 따르는 술을 거부하지 못했다. 술을 마신 매월이 북과 북채를 다시 잡고 노래로 이야기를 이어가기 시작했다. 그렇게 그날 밤 청운계의 여자들은 혼돈주에 취했고 노래에 취했다.

연화의 네 번째 이야기

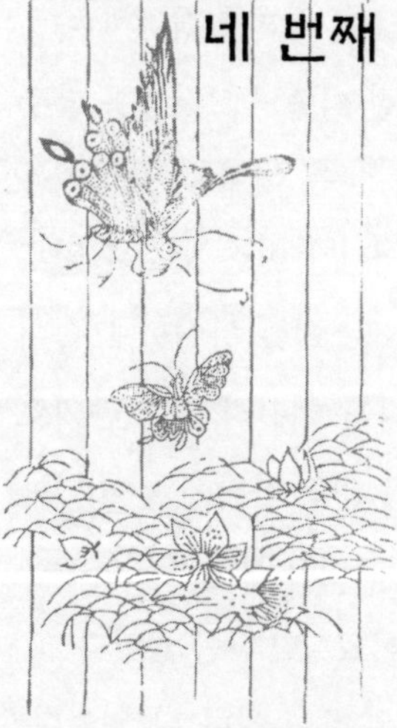

늦은 아침, 눈을 떠보니 심간지당의 집이었다. 어떻게 여기까지 온 것인지 도무지 기억이 나지 않았다. 밤새도록 매월이 불렀던 노래가 아직도 귓가를 맴돌고 있었다. 정신을 잃을 때까지 청운계의 과부들이 따라주는 술을 받아 마신 것 같다. 처음 마셔보는 술맛이 익숙하지 않아서 끊임없이 안주를 집어먹었었다. 밤에 그렇게 먹었으면 지금쯤 속이 더부룩할 만도 한데 전혀 그렇지 않았다. 오히려 속이

깨끗하게 비워진 듯 상쾌했다. 온몸이 정화된 느낌이었다.

나는 자리에서 일어나 창을 열었다. 그리고 상쾌한 마음으로 이불을 개기 시작했다. 두툼한 이불의 모서리를 맞추어 접는 일은 쉽지 않은 일이었다. 나는 어릴 적부터 이불을 개는 것이 서툴렀다. 문득 어머니가 이런 사소한 일도 못하는 너를 누가 데려가겠냐며 잔소리를 하시던 모습이 떠올랐다. 그냥 웃음이 나왔다. 나는 여전히 서툰 솜씨로 접은 이불을 이불더미 위에 쌓아올렸다. 바닥에 놓여 있는 베개를 들어 그 위에 올려놓았다. 그러자 갑자기 쌓아놓은 이불더미가 무너졌다. 늘 있던 일이었지만 나는 놀랐다.

이불더미가 무너진 자리에 작은 문이 하나 나 있었다. 이 방의 벽과 같은 색의 벽지를 발라놓아 언뜻 보면 문이라고 생각하지 못할 수도 있지만 쇠로 만든 문고리와 그것을 잠그기 위해 걸어둔 자물쇠가 그것이 문이라는 것을 입증하고 있었다. 나는 본능적으로 자물쇠를 흔들어보았다. 하지만 자물쇠는 굳게 잠겨 있었다. 이 안에 무엇이 들어 있기에 이렇게 위장을 해놓은 것일까.

작은 공간 안에 굉장히 많은 양의 서책들이 쌓여 있었

다. 쌓여 있는 책들 사이 바닥에 아무렇게나 주저앉았다. 내가 앉자 방이 꽉 찼다. 책 한 권을 골라서 먼지를 털었다. 그러다 문득 이렇게 많은 책들 중 한 권만 당장 골라 읽어야 한다는 사실이 아쉬워져서 한 무더기의 책을 들어 팔에 안았다. 나는 그렇게 여러 권의 먼지 쌓인 책을 안고 방 안으로 돌아와 푹신한 이불 위에 책들을 늘어놓고 엎드려 누웠다. 어렸을 적 어머니가 보았다면 기겁할 광경이었다. 나는 알 수 없는 쾌감을 느끼며 조심스럽게 책장을 넘기기 시작했다.

평안도 영변에 을매라는 이름을 가진 과부가 홀로 살고 있었다. 과부가 처음부터 과부가 아니듯이 을매라는 이름도 처음부터 붙여진 이름은 아니었다. 함경도 오을매에서 시집왔다고 해서 마을 사람들이 을매댁 을매댁 하고 부르다 붙여진 이름이었다.

그렇게 오을매에서 영변으로 시집을 와 을매라는 이름이 어느덧 익숙해질 때쯤이었다. 을매의 남편이 이름 모를 병으로 죽었다. 을매는 자식도 남기지 않고 가버린 남편이 너무나도 야속했다. 그래서 을매는 밤마다 장독대 앞에 정화수를 떠놓고 눈물을 흘렸다. 여느 때처럼 정화수를 떠놓고 울던 어느 날, 을매는 공중에서 죽은 남편의 목소리를 들었다.

'나는 후사를 남기지 못하고 떠난 것이 한이 되어 구천을 떠돌고 있소. 세 명의 아이를 둘 때까지 매일 밤 당신을 찾겠소.'

그날 이후로 을매의 집에서는 밤마다 을매의 웃음소리가 들려왔다. 그리고 다음날 아침이면 을매는 빨래터로 가서 마을의 아낙들에게 죽은 남편을 만나 밤을 보낸 이야기를 늘어놓았다. 을매의 말은 빨래터에서 마을로 퍼져나갔고 사람들은 을매의 갸륵한 정성이 하늘에 닿았다고 입을 모았다.

물론 마을 사람들 중에는 죽은 남편과 통했다는 을매의 말을 믿지 않는 사람도 있었는데 그중 한 명이 을매보다 일곱 살이 어린 최 도령이었다. 길을 가다 우연히 을매를 보고 을매를 마음에 품게 된 최 도령은 봄이 깊어가던 어느 날 밤 진달래꽃을 한 아름 꺾어들고 을매의 집을 찾았다. 을매는 최 도령에게 문을 열어주었고, 최 도령은 그 뒤로 며칠 동안 이제껏 살아오면서 한 번도 느껴본 적 없었던 궁극의 즐거움을 경험했다.

그러나 최 도령의 즐거움은 오래가지 못했다. 최 도령의 집에서는 혼담이 오가게 되었고 그 말을 듣게 된 최 도령은 부모님께 을매와 혼인하게 해달라고 간청을 드렸다. 하지만 최 도령의 집에서는 말도 안 되는 일이라며 일언지하에 최 도령의 말을 잘랐다. 최 도령의 부모는 한 술 더 떠서 한 번 더 말을 꺼낸다면 을매도 무사하지 못할 거라 못박았다.

혼담이 오간 날 밤 최 도령은 집에서 뛰쳐나왔다. 최 도령은 다시 진달래꽃을 한 아름 꺾어들고 을매를 찾았다. 최 도령은 그날 을매에게 함께 도망가 살자고 말할 작정이었다. 하지만 을매의 집에는 이미 누군가가 와 있었다. 최 도령이 문을 두드리자 을매의 방 안에서 낯선 남자가 나왔다. 최 도령은 눈물을 흘리며 을매를 불렀지만 을매는 방 안에서 꼼짝도 하지 않았다. 최 도령은 그날 밤 을매의 집 앞에 진달래꽃을 놓아두고 마을에서 자취를 감추었다.

최 도령이 사라진 뒤로 을매는 더 이상 사람이 모이는 낮에 빨래를 하러 나가지 않았다. 매일 밤 을매를 찾았다던 죽은 남편도 더 이상 을매를 찾지 않았는지 을매는 남편이 약속한 세 명의 아이를 가지지 못했다. 다만 아무도 문을 두드리지 않는 빈집에 홀로 들어앉아 밤낮으로 처량하게 노래를 부를 뿐이었다.

나는 을매와 최 도령의 이야기를 마지막으로 책장을 덮었다. 문득 이 글을 지은 사람이 누구인지 궁금해졌다. 왠지 청운계의 과부들 가운데 한 명이 썼을 것만 같았다. 나는 어제 보았던 사람들의 얼굴을 하나하나 떠올리며 덮은 책장의 표지를 확인했다. 하지만 표지에는 진달래꽃이 몇 송이 그려져 있을 뿐 제목도 작자도 적혀 있지 않았다. 하긴, 시집을 나와 혼자 산다 하더라도 자기 이름을 걸고 쓸 수 있는 내용은 아니었다.

문득 몸이 몹시 나른해졌다. 깔고 앉은 이불을 끌어안으며 바닥에 머리를 대고 누웠다. 누운 자리 옆에 책방의 열쇠가 놓여 있었다. 문밖에서 들어가도 되느냐는 춘삼의 목소리가 들렸다. 나는 다시 몸을 추스르고 대충 이불을 갰다. 나는 한참만에 대답을 했다.

—네.

내가 대답을 하기 전까지 조용히 문밖에서 기다렸던 춘삼이 방 안으로 들어왔다. 춘삼은 꿀물이 담겨 있던 빈 사발을 챙기며 물었다.

—속은 좀 괜찮으십니까?

춘삼의 목소리를 들으니 문득 어젯밤 음식을 게워냈던

기억이 떠올랐다. 매월의 집에서 이곳까지 춘삼의 등에 업혀 온 기억까지 연달아 떠올랐다. 갑자기 얼굴이 붉게 달아올랐다. 무안한 마음에 흐트러져 있던 책들을 정리했다. 생각해보니 이 책들도 심간지당이나 춘삼의 허락 없이 몰래 꺼내와 읽은 책들이었다. 어떻게 말을 해야 할지 난감해서 바닥만 바라보고 있는데 춘삼이 먼저 말을 꺼냈다.

— 읽을 만하십니까?

나는 춘삼에게 고개를 숙여 사과를 했다.

— 죄송합니다. 어쩌다 그만 허락도 없이 읽게 되었습니다.

춘삼이 대답했다.

— 읽어서 안 될 사람이었다면 애초에 이 방에 들이지도 않으셨을 분이십니다.

춘삼의 말에 나는 조금 안심이 되었다. 춘삼이 말하는 그분은 심간지당을 가리키는 것 같았다. 춘삼이 다시 말을 이었다.

— 좋은 분이십니다. 당신을 좋게 보신 것 같습니다. 이 집에 끌려왔던 저와는 사뭇 대접이 다르십니다.

춘삼이 웃으며 자신은 이 집에 끌려온 사람이라고 말했

다. 나는 끌려왔다는 말에 놀라 춘삼에게 되물었다.

—끌려오다니요?

—농담입니다. 대리시험으로 연명하며 이곳저곳을 정처 없이 떠돌던 저를 거두어주셨지요.

—대리시험이라니요?

춘삼이 허공에 시선을 둔 채 말을 꺼냈다.

—벌써 열다섯 해 전의 일입니다. 어머니께서는 제가 한창 과거시험을 준비하고 있을 즈음에 좋은 분께 다시 시집을 가셨습니다. 하지만 아무리 좋은 사람들이 있는 곳이라 하더라도 장성한 아들이 따라 들어갈 수는 없었습니다. 어머니께서 재가를 하셨기 때문에 과거시험을 볼 수도 없었습니다. 그 집으로 들어가게 되면 민폐이지요. 저는 무작정 집을 나와 정처 없이 떠돌았습니다.

춘삼이 시선을 바닥으로 떨구면서 그의 다부진 어깨도 힘없이 가라앉았다. 춘삼은 연균과 동년배였다. 세상이 너무 가혹하다는 생각이 들었다. 나는 문득 춘삼의 등을 쓰다듬어주고 싶다는 충동을 애써 누르면서 말을 꺼냈다.

—마음고생이 심하셨겠습니다.

춘삼이 고개를 들어 나를 바라보았다.

—어머니를 원망하진 않습니다. 그때 어머니의 나이가 지금의 당신과 비슷했을 것입니다. 남은 여생을 혼자 보내기엔 너무나 아름다우셨지요.

〈연화전〉, 다섯 번째 이야기

삼 년 전 봄이었다. 춘삼은 그해 봄에도 과거시험을 보기 위해 한양을 찾았다. 아마 아홉 번째 대리시험이었을 것이다. 춘삼은 대리시험을 의뢰한 양반이 소개해준 숙소를 찾아 여장을 풀었다. 의뢰인이 전해준 보따리 안에는 의뢰인이 평소에 즐겨 입던 비단옷이 한 벌 들어 있었다. 춘삼이 과거시험장에 입고 들어가야 할 옷이었다. 춘삼은 그가 지시한 대로 최대한 의뢰인처럼 꾸민 뒤 대리시험을 치러야 했다. 의뢰인이 준 비단옷을 쓸어보았다. 춘삼은 기분 좋은 감촉을 느끼며 후줄근한 무명옷을 벗어던졌다. 그리고 의뢰인의 비단옷을 걸쳤다. 춘삼은 자신의 팔다리를 들어보며 소매와 바지 길이를 확인했다. 조금 짧은 듯했지만 신경 쓰일 정도는 아니라고 생각했다.

그렇게 춘삼은 아쉬운 대로 몸에 맞지 않는 비단옷을 갖추어 입고 운종가로 나왔다. 운종가의 활기찬 분위기가 춘삼을 들뜨게 했다. 운종가에는 항상 다양한 사람들과 신기한 물건들이 가득했다. 그리고 양반이 아니더라도 호화로운 집에서 화려한 옷을 입고 사는 사람들로 붐비는 곳이었다. 재물의 힘이었다. 이곳에서는 타고난 신분에 관계없이 비단옷만 걸치면 하대 받을 일이 없었다. 사람들로 북적거리는 운종가에서는 춘삼이 어느 집 몇째 아들인지, 집에 재물은 얼마나 있는지, 지금은 무엇을 하는 사람인지 아무도 알아볼 수 없었다. 게다가 지금 춘삼이 입은 비단옷의 소매나 바지 길이가 짧다는 사실을 눈여겨볼 사람은 하나도 없었다. 춘삼은 이렇게 자신을 알아보는 사람도 없고 관심을 가져주는 사람도 없는 운종가의 무심함과, 그것에서 비롯되는 자유로움을 사랑했다.

그렇게 좋아하는 운종가를 여느 때처럼 한가롭게 거닐던 춘삼은 유난히 눈에 들어오는 색감의 비단을 발견했다. 언뜻 보아서는 흰색인데 빛의 각도에 따라 분홍색이나 하늘색 또는 연두색으로도 보이는 굉장히 오묘한 빛깔의 비단이었다. 춘삼은 그 비단을 보고 오래전 춘삼의 어머니가 손에 끼고 있던 가락지를 떠올렸다. 그 가락지에는 작고 하얗고 반짝이면서도 결코 속이 들여다보이지 않는 불투명한 진주알이 박혀 있었다. 춘삼은 자신도 모르게 비단을 손으로 쓸었다. 비단과 함께 어떤 부인의 손을 쓰다듬었다는 사실을 눈치챈 것은 부인이 손을 빼낸 뒤였다. 장옷으로 얼굴을 잔뜩 가린 부인이 춘삼을 빤히 바라보고 있었다. 그 부인도 이 비단을 사려고 했던 모양이었다. 춘삼이 급히 허리를 숙였다.

—죄송합니다. 큰 결례를 범했습니다.

그러자 그 부인이 대답했다.

—괜찮습니다. 말씨를 듣자 하니 이곳 사람은 아닌 듯한데 과거시험을 보러 올라오셨나 봅니다.

—그렇습니다.

춘삼은 얼결에 그렇다고 대답했다. 그리고 부인의 침착

한 반응에 적잖이 놀랐다. 일반적인 사대부가의 부인이라면 으레 이런 상황에서 크게 역정을 내거나 대꾸도 하지 않고 자리를 떠나버렸을 것이라고 추측했기 때문이었다. 하지만 부인은 남자의 손이 스치는 일쯤은 대수로운 일이 아니라는 듯 굉장히 여유로운 표정을 지어 보였다. 오히려 과민하게 반응하는 것이 더 이상한 것처럼 느껴지도록 만드는 자연스러움이었다. 춘삼은 부인의 그런 모습에서 마치 재가를 하지 않는 과부가 더 이상한 것처럼 느껴지도록 자연스럽게 재가를 했던 어머니를 떠올렸다. 그렇게 춘삼은 자연스럽게 그 부인과 몇 마디를 더 나누었고 가볍게 인사를 한 뒤 역시 자연스럽게 헤어졌다.

하지만 부자연스럽게도 그날 여느 때처럼 밤늦게까지 길을 걷던 춘삼은 숙소로 들어가던 길에 무명천에 싸여 정신을 잃었다. 눈을 떠보니 방 안이었다. 손발이 묶여 있어 마음대로 움직일 수 없었다. 방 안에는 탈을 쓴 여자가 춘삼을 바라보며 가만히 앉아 있었다. 여자는 흰 소복을 입고 있었다. 앉아 있는 여자의 오른편에 놓인 단검이 춘삼의 눈에 들어왔다. 춘삼이 여자에게 침착한 목소리로 물었다.

— 당신은 과부입니까?

여자가 차가운 목소리로 대답했다.

— 그것은 네가 알 바 아니다.

여자의 목소리를 들은 춘삼이 여자에게 물었다.

— 혹시 아까 운종가에서 만났던 그분이십니까?

— 그것도 네가 알 바 아니다.

춘삼이 다시 물었다.

— 그렇다면 지금 제가 알아야 할 바는 무엇입니까?

여자가 단검을 집어들며 말했다. 단검을 쥐고 있는 손끝이 몹시 야무졌다.

— 나를 만족시켜라. 네가 앞으로 어떻게 하느냐에 따라 네가 며칠 뒤에 있을 과거시험을 볼 수 있을지 없을지가 결정될 것이다.

— ……

춘삼이 잠깐 동안 뜸을 들이다 탈을 쓴 여자를 바라보며 말했다.

— 저는 올해로 스물다섯입니다. 하지만 집도 절도 없이 떠도는 신세라 아직 혼사도 치르지 못했습니다. 저는 대리시험을 치르기 위해 한양으로 올라온 하루하루 빌어먹는 가난한 서생일 뿐입니다. 어차피 저의 이름으로 치르는 것

이 아니기 때문에 과거시험을 치르지 못하는 것은 상관이 없습니다. 하지만 이번 시험에서 합격하지 못하면 저는 돈을 받지 못하고 또다시 주린 배를 부여잡고 도망 다녀야 하는 신세가 됩니다. 저에게는 당신을 만족시킬 재주가 없습니다.

춘삼이 고개를 숙였다. 한참 동안 방 안에 정적이 감돌았다. 탈을 쓴 여자가 갑자기 호탕하게 웃었다. 한동안 홀로 웃던 여자는 스스로 웃음을 그치더니 자세를 고쳐 앉으며 조심스럽게 말을 꺼냈다.

— 오늘은 내가 사람을 잘못 고른 것 같네.

춘삼이 고개를 들었다. 여자가 단검을 들고 춘삼 앞으로 다가왔다. 춘삼은 뒷걸음치지 않고 가만히 여자를 보았다. 여자는 단검으로 춘삼의 손목과 발목을 묶고 있던 밧줄을 차례로 끊었다. 춘삼은 여자의 칼 다루는 솜씨가 노련하다고 생각했다. 춘삼의 손발을 결박하고 있던 밧줄을 다 끊어내고 난 여자는 천천히 탈을 벗었다.

— 나는 청운계의 심간지당이라고 하네.

심간지당은 춘삼에게 손을 내밀며 말했다.

— 나와 함께 일해보지 않겠나?

춘삼이 한동안 심간지당의 눈을 바라보았다. 그리고 그 눈에 이끌리듯 심간지당의 손을 잡았다. 악수를 하는 심간지당의 손에 힘이 들어갔다.

연화의 다섯 번째 이야기

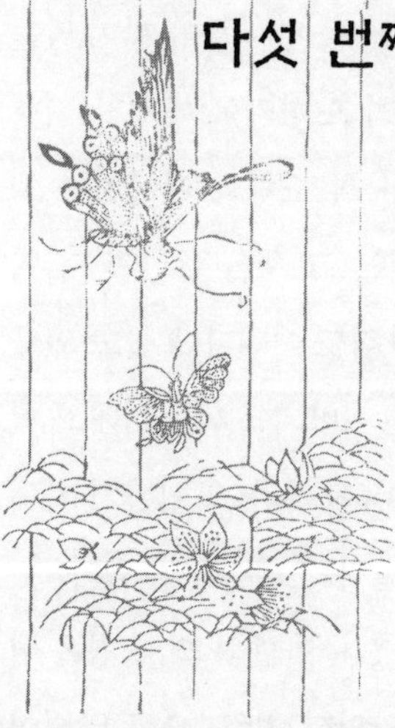

저녁을 먹고 방으로 돌아와 선잠이 들었나 보다. 창밖에 어둠이 내렸다. 나는 창문을 열었다. 방 안으로 바람이 불어 들어왔다. 꽉 찬 보름달이 마당을 비추고 있었다. 바람은 더 이상 옷깃을 여미지 않아도 될 만큼 부드러웠다. 삼월이었다. 어두운 가운데에도 담 안에 심어놓은 나무에 새순이 돋아나는 것이 보였다. 나는 작은 화로를 방 한구석의 서랍장 밑으로 밀어넣었다. 달빛을 받아 책을 읽을 수 있는 계절이

다가오고 있었다.

나는 방바닥에 놓여 있던 열쇠를 들어 서책이 쌓여 있는 방의 문을 열었다. 나는 을매와 최 도령의 이야기가 적혀 있던 서책을 꺼냈다. 물론 을매와 최 도령의 이야기는 책 안에서 완결이 된 이야기이고, 나는 그 책을 끝까지 다 읽었다. 하지만 나는 왠지 그들이 아직도 어딘가에 살고 있을 것만 같은 느낌이 들었고, 또 다른 이야기를 만들어내고 있을 것만 같았고, 누가 이야기하느냐에 따라 그 이야기 자체도 완전히 다른 이야기가 될 것 같다는 생각이 들었다. 이야기를 이어가고 싶은 충동이 일었다. 을매와 최 도령은 어떻게 되었을까. 나는 창문 앞에 앉았다. 방 안으로 달빛이 들어오고 있었다. 나는 눈을 감고 책의 빈 여백에 손가락으로 글씨를 써내려가기 시작했다.

여느 때처럼 나는 빨래터에서 위장을 하고 있었다.

—어제도 죽은 남편이 다녀갔었지. 정말이지 잊을 수 없는 밤이었다네.

빨래터의 아낙들은 귀를 모으고 내가 지어낸 이야기를 들었다. 나의 이야기가 끝나자 한 아낙이 말을 꺼냈다.

—최 도령의 집에 혼담이 오갔다는구먼. 옆 마을 윤 참판댁의 여식이라는데 그 정도면 최 도령네로서는 경사인 게지. 근데 최 도령이 글쎄 그 여식과 혼인을 하지 않겠다고 했다더군.

빨래를 하던 다른 아낙이 말을 이었다.

—마음에 품은 여자가 따로 있다고 하던데 그게 누군지는 잘 모르겠어. 그 복 받은 처자는 누구일까?

나는 아낙들의 이야기를 듣고 그동안 최 도령과 보냈던 밤을 떠올렸다. 최 도령이라면 오늘 밤 나의 집으로 찾아와 도망치자며 손을 잡아끌 것만 같았다. 아무래도 방법을 써야 할 것 같았다. 나는 장독대 앞에 정화수를 떠놓고 손이 뜨거워 서로 닿는 것이 아플 때까지 빌었다. 그런데 거짓말처럼, 정말 내가 그동안 마을 아낙들에게 했던 거짓말처럼 홀연히 허공에서 죽은 남편의 목소리가 들려왔다.

—너무 심려치 마시오. 오늘 밤 내가 당신을 찾겠소.

나는 저린 무릎을 잡고 일어나 장독대가 있는 뒤뜰에서 방으로 들어왔다. 방 안에는 정말 죽은 남편이 서 있었다. 죽은 남편을 본 나는 그만 다리에 힘이 풀려 주저앉아버렸다. 나는 허공에 떠 있는 남편의 다리를 붙잡은 채로 하염없이 울었다. 두려웠던 것은 아니었다. 그 순간에는 그저 미안한 마음뿐이었다. 그렇게 나는 죽은 남편에게 몇 번이나 미안하다고 말했다. 한참 동안 눈물을 쏟아내고 더 이상 눈물이 말라버려 나오지 않을 때쯤 남편의 목소리가 다시 방 안을 울렸다.

—미안해하지 마시오. 내가 비록 생전에는 미천하고 어리석은 삶을 살았지만 저승에 당도해보니 생전에 보이지 않았던 것들이 모두 이해가 되더이다. 나는 당신을 이해하오. 아마 지금쯤 최 도령이 도착할 것이오.

죽은 남편이 말을 마치자 정말 문밖에서 최 도령의 목소리가 들려왔다. 최 도령의 목소리를 들은 죽은 남편은 직접 나가 문을 열었다. 죽은 남편이 최 도령에게 무어라고 말했는지는 들리지 않았지만 밖에서 최 도령이 간절하게 나를 부르는 소리가 계속 들려왔다. 내가 아무런 대답도 하지 않자 최 도령은 같이 도망가서 살자며 울부짖었다. 하지만 나는 방 안에서 꼼짝도 하지 않았다. 아주 길었던 밤이었다.

이제 또 어떻게 이어갈까 생각하고 있는데 문밖에서 춘삼의 목소리가 들려왔다. 나는 황급히 책을 덮었다.

—아직은 밤 공기가 차갑습니다.

문밖에 춘삼이 호롱을 들고 서 있었다. 춘삼은 창문을 닫고 호롱불을 밝히라며 호롱을 내밀었다. 어릴 적에 오빠가 글공부할 때 쓰던 호롱불과 비슷한 모양이었다. 나는 밤늦게까지 글을 읽을 수 있는 오빠가 몹시 부러웠었다. 나도 호롱불 밑에서 밤새도록 글을 읽고 싶었지만 어머니는 그것을 허락하지 않았다. 시집을 간 뒤에도 호롱불을 가질 수 없는 것은 마찬가지였다. 시댁에서 나는 오직 빨리 자결해 버려야 집안에 도움이 되는 사람일 뿐이었다. 잠이 오지 않았다. 뜬눈으로 지새운 밤이 헤아릴 수 없이 많았다. 상념을 접어두고 춘삼이 건넨 호롱불을 받아드는데 갑자기 바닥으로 눈물이 떨어졌다. 춘삼이 놀란 얼굴로 말했다.

—왜 불도 없이 글을 읽으시는 것입니까?

호롱불을 건네기 위해 문지방을 넘어 방으로 들어온 춘삼이 방문을 닫았다. 그리고 소맷자락을 찢어 나에게 건넸다. 나는 그의 행동에 조금 놀랐지만 그 소맷자락을 찢은 조각을 받아들고는 눈물을 훔쳤다.

—항상 해가 지고 난 뒤에야 책을 읽을 수 있었지요. 저는 어둠에 익숙한 사람이었습니다.

— 이제는 밝음에 익숙해지셔야지요.

춘삼은 그렇게 말하며 가져온 보따리를 방 안에 내려놓았다. 그리고 묶어놓은 매듭을 풀었다. 보따리 안에는 먹과 벼루와 붓, 그리고 꽤 수북한 묶음의 종이가 들어 있었다. 나는 춘삼이 왜 이런 것들을 가져온 것인지 언뜻 이해할 수가 없었다. 아마도 내가 머무는 방 안의 책방에 넣으려고 가져온 것 같았다. 나는 이불 안에 감추어두었던 책방 열쇠를 꺼내어 춘삼에게 내밀었다. 그러자 춘삼이 손을 저으며 말했다.

— 그 열쇠는 당신 것입니다. 어차피 이 방에 들어와 책을 읽는 사람도 당신밖에 없습니다.

— 나의 것……?

내가 손에 든 열쇠를 보며 가만히 말을 되뇌는 동안 춘삼이 말을 이었다.

— 그리고 이것들도 당신 것입니다.

춘삼은 가져온 물잔을 들어 벼루에 물을 조금씩 따르기 시작했다. 벼루의 넓은 부분을 타고 오목한 부분에 어느 정도 물이 찰 즈음 춘삼은 물 따르는 것을 멈추었다. 물잔을 내려놓은 춘삼은 소매를 걷었다. 양 소매를 다 걷은 춘삼은 먹을 집어들어 벼루에 갈기 시작했다. 원을 그리며 팔을 휘저을 때마다 손목을 타고 팔꿈치까지 이어지는 살결이 미세하게 꿈틀거렸다. 호롱불 아래서 투명한 빛깔로 벼루의 바닥을 드러냈던 물은 점점 불투명하고 짙은 검은색으로 변해가고 있었다. 벼루 안의 물이 완전히 검게 변해 먹물이 되었다. 춘삼은 먹을 가는 것을 멈추고 쌓여 있는 종이더미에서 종이 한 장을 꺼내어 바닥에 펼쳤다. 그리고 족제비털을 곱게 모아 만든 붓을 집어들어 먹물을 찍었다. 검은 먹물이 서서히 붓끝을 타고 올라가고 있었다. 한참 동안 가만히 춘삼의 손끝을 바라보고 있던 나에게 춘삼이 반 이상 먹물을 빨아들인 붓을 내밀었다. 나는 얼결에 붓을 받아들고 춘삼에게 말했다.

— 저는…… 종이에 글을 써본 적이 없습니다. 붓도 제대로 잡을 줄 모르지요.

춘삼이 붓 잡는 시늉을 하며 말을 이었다.

— 우연히 이곳을 지나가다 어두운 방의 창이 열려 있는 것을 보았습니다. 창문을 닫으러 갔다가 캄캄한 방 안에 홀로 앉아 허공에 글을 쓰시는 모습을 보았습니다. 그래서 이것들을 가져왔습니다. 이제는 종이에 쏟아내십시오. 이 흰

종이는 당신이 쓰고 싶은 이야기라면 무엇이든 받아줄 것입니다.

춘삼이 나의 손에 붓을 쥐여주었다. 나는 글을 쓴다는 것이 몹시 두려웠지만 어쩔 수 없이 그가 건네는 붓을 받아 들었다. 막상 붓을 잡으니 손에 힘이 들어가지 않았다. 머릿속이 하얗게 지워지는 느낌이었다. 나는 치마 위로 먹물이 떨어지는 것도 모른 채 붓을 들고 있었다. 치마 위로 먹물이 떨어지려는 것을 본 춘삼이 내가 들고 있는 붓끝 밑으로 재빠르게 손을 내밀어 떨어지는 먹물을 받았다.

— 치마에 떨어집니다.

나는 춘삼의 말에 치마를 내려다보았다. 하지만 치마는 멀쩡했다. 먹물은 춘삼의 손바닥 위로 떨어지고 있었다. 한동안 멍하니 붓을 들고 있던 나는 황급히 붓을 벼루에 내려놓으며 춘삼에게 거듭 고개를 숙이며 사과를 했다.

— 죄송합니다. 제가 정신이 없었습니다.

춘삼이 손으로 받은 먹물을 벼루에 따라냈다. 얼마나 정신을 놓고 있었던 것인지 꽤나 많이 떨어뜨린 것 같았다. 춘삼이 양손을 비벼 남아 있는 먹물을 말렸다. 동그랗게 모으면 간장종지 정도의 양은 담을 수 있을 만큼 커다란 손바닥이었다.

—아닙니다. 제가 미안하지요. 제가 어리석게도 먹물을 너무 많이 찍은 탓입니다. 그럼 저는 글을 쓰는 데 방해되지 않도록 이만 나가보겠습니다.

미소를 머금은 춘삼이 밖으로 나갔다. 나는 방을 나가는 춘삼의 뒷모습을 한동안 바라보았다. 참 세심하고 다정한 사람이었다. 문득 나에게만 다정한 것일까 아니면 타고난 성정이 저러한 것일까 가려보는 나의 모습에 놀라 고개를 가로저었다. 그리고 정신을 차려 다시 붓을 집어들었다. 적당히 먹물을 빨아들인 붓을 화선지 위로 가져왔다. 나도 춘삼처럼 먹물을 조절하지 못한 것인지 먹물을 한 방울 떨어뜨렸다. 화선지에 먹물이 번졌다.

나는 화선지의 결을 따라 사방으로 퍼져나가는 한 방울의 먹물을 보며 지난날 서황사에서 보았던 꽃차를 떠올렸다. 찻잔에 뜨거운 물을 부었을 때 서서히 꽃잎을 피우던 마른 꽃처럼 빈 화선지에 생명이 깃드는 느낌이었다. 나는 글을 써내려가기 시작했다. 처음 쓰는 글이었지만 마치 봄바람을 맞은 꽃봉오리가 처음 꽃잎을 터뜨릴 때처럼 자연스러웠다. 나는 빠른 속도로 글을 쏟아내기 시작했다. 화선지에 담긴 검은 글자는 꽃처럼 고운 색깔은 아니었지만 여느 꽃보다도 아름다웠다. 활짝 핀 봄꽃들로 가득한 낯선 나라의 낮은 언덕에서 뛰어노는 듯한 느낌이었다.

〈연화전〉, 여섯 번째 이야기

아침이 되어서야 집에 들어온 연균은 미시가 넘어서까지 자리에서 일어나지 못하고 있었다. 최 대감부인이 꿀물이 담긴 쟁반을 들고 연균이 있는 방으로 들어왔다. 방문이 열리는 소리를 들은 연균이 눈을 떴다. 최 대감부인은 상복을 입고 있었다. 최 대감부인이 입은 상복을 본 연균이 갈라지는 목소리로 물었다.

—어머니, 그 옷은 무엇입니까?

바닥에 꿀물을 내려놓은 최 대감부인이 싸늘한 목소리로 말을 꺼냈다.

—장례는 하루장으로 치를 것이다.

연균이 기침을 뱉어내며 물었다.

—죽었습니까?

최 대감부인은 연균의 물음에 대꾸하지 않은 채 말을 이었다.

—법도에 따라 제사는 지내지 않을 것이다.

최 대감부인의 말을 들은 연균이 이불을 걷어내고 일어나 앉았다.

—죽였습니까?

최 대감부인의 표정이 냉랭했다.

—자식 없는 과부가 자결한 것뿐이다.

연균이 최 대감부인을 집요하게 바라보며 물었다.

—사람을 시켰습니까?

최 대감부인은 여전히 싸늘한 목소리로 자신이 준비한 말만을 이어갔다.

—보름 뒤 가문에 열녀 표창이 내려올 것이다. 네 자리는 알아서 다 마련해놓았으니 딴 생각 말고 과거 준비나 해

두어라.

연균의 목소리가 높아졌다.

—자리요? 사람을 죽이고 들어가 앉은 자리에서 무슨 일을 하란 말입니까?

최 대감부인이 자리에서 일어나며 말했다.

—좋은 날이다. 소란피우지 말거라.

연균이 주먹으로 바닥을 내리쳤다. 최 대감부인은 그런 연균을 뒤로한 채 연균의 방을 나갔다. 최 대감부인이 나가자 연균은 꿀물이 담긴 사발을 뒤집어엎으며 몸서리를 쳤다. 바깥에서 곡을 하는 소리가 들려왔다. 연균은 고개를 저으며 몸서리를 쳤다.

최 대감 집의 마당에서는 조촐한 장례식이 치러지고 있었다. 마을 사람들은 장례식이 있다는 소문을 듣고 최 대감 집으로 모여들었다. 최 대감부인은 식솔들을 시켜 넓은 마당에 모여든 마을 사람들에게 국수를 한 사발씩 나누어 주게 했다. 최 대감 집에 모여든 마을 사람들이 국수를 한 사발씩 받아들고 마당에 둘러앉았다. 국수 사발을 들어 삼키듯이 마시던 한 사내가 말을 꺼냈다.

— 아니, 대감댁 장례상이 이리 조촐해도 되는가?

그러자 옆에 있던 사내의 친구가 대답을 했다.

— 제사상이 아니지 않은가. 나라에서 열녀 표창이 내려온다는데 그때 잔치 열면서 풀려나 보네.

그 말을 듣자 맞은편에 앉아 있던 머리가 희끗한 노인이 말을 꺼낸 젊은 사내들에게 물었다.

— 열녀 표창이라니? 요샌 마누라가 첩들을 투기하다 자결해도 표창을 받나? 세상 많이 좋아졌구먼.

그러자 노인의 맞은편에 있던 사내가 다시 말을 꺼냈다.

— 그건 이 집 둘째 며느리구요, 거 왜 선균 도령 있잖소, 예전에 죽어서까지 혼인을 했던…… 그 선균 도령에게 얼굴도 모른 채 시집온 첫째 며느리가 십 년을 수절하다 선균 도령이 죽은 지 십 년 째 되는 날 자결했다는구먼요. 아마도 조만간 한량 짓만을 일삼던 연균 도령도 과거만 치르면 벼슬 한 자리 차지하게 될 거란 소문이 있던데……

갑자기 연균의 부인이 둘러앉아 국수를 먹던 마을 사람들 옆을 가로질러 지나갔다. 입방아를 찧던 마을 사람들이 순간 말을 멈추었다. 서로 눈치만 보며 묵묵히 국수만 먹고 있는데 노인이 침묵을 깼다.

— 거 참, 호상일세.

같이 이야기를 나누던 사내들이 노인의 말에 고개를 끄덕였다.

며칠 뒤 최 대감 집의 솟을대문 옆에는 열녀문이 세워졌다. 사람의 목숨과 맞바꾼 것치고는 조촐했다. 간단한 머릿돌을 놓고 나무로 기둥을 세운 뒤 몇 개의 기와를 얹은 작은 건축물이었다. 열녀문이 다 지어지자 최대감과 최 대감 부인 그리고 연균의 처첩들이 열녀문 앞으로 나와 간단한 제를 올렸다. 최 대감부인이 향을 피우고 난 뒤 말을 꺼냈다.

— 둘째야, 집안에 경사가 났으니 잔치를 준비하자꾸나.

최 대감 집 둘째 며느리인 연균의 처가 조심스럽게 대답을 했다.

— 어머님, 지금은 너무 이른 듯합니다. 마을 사람들 보는 눈도 있고……

연균 처의 말을 들은 최 대감이 헛기침을 두어 번 하더니 말을 꺼냈다.

— 며늘아기 말대로 잔치는 과거시험 뒤로 미루도록 하

시오. 그나저나 그 아이는 과거 준비를 하고 있긴 하오?

연균의 처가 재빨리 대답했다.

— 오늘도 아침 해가 뜨고서야 집으로 들어온 것으로 알고 있습니다.

연균 처의 말이 끝나자 최 대감부인이 혀를 차며 말을 했다.

— 허허, 남편의 허물을 덮어주지는 못할망정. 내가 가서 보고 오겠다!

최 대감부인이 자신의 치맛자락을 말아 한 손으로 잡으며 솟을대문 안으로 들어갔다. 부엌으로 들어가 또다시 뜨거운 꿀물을 탄 최 대감부인은 꿀물 사발이 담긴 쟁반을 들고 연균의 방을 찾았다. 방문을 두드려도 아무런 대답이 없자 최 대감부인은 그냥 방문을 열어젖히고 연균의 방 안으로 들어갔다. 연균이 아직까지 자고 있었다. 최 대감부인은 최대한 부드러운 목소리로 연균을 깨웠다.

— 아가, 이 꿀물 좀 마시렴.

방문 쪽을 향해 모로 누워 잠을 자고 있던 연균이 눈을 떴다. 방으로 들어온 최 대감부인을 본 연균은 도로 눈을 감고 반대편으로 돌아누웠다. 최 대감부인이 연균에게 다가가 앉으며 연균의 어깨를 흔들었다.

—일어나야지. 과거시험이 코앞인데 준비는 해야 되지 않겠니.

연균은 꼼짝도 하지 않은 채 여전히 벽 쪽을 향해 모로 누워 있었다. 최 대감부인은 연균의 태도에 아랑곳하지 않고 연균의 머리를 쓰다듬으며 물었다.

—이 어미가 아버지 몰래 대리시험자라도 구해보랴?

연균이 손을 들어 자신의 머리에 얹어진 최 대감부인의 손을 걷어내며 목소리를 높였다.

—어머니, 제발 나가주십시오. 그리고 이런 일이든 어떤 일이든 제 방에 들어오지 않으셨으면 좋겠습니다.

연균의 말을 들은 최 대감부인은 길게 한숨을 내쉬었다. 잠깐 동안 연균을 노려보던 최 대감부인이 방을 나갔다. 최 대감부인이 밖으로 나가자 연균은 이불을 걷어차며 자리에서 일어나 앉았다. 연균은 옆에 있던 꿀물 사발을 한참 동안 노려보다가 문득 꿀물 사발을 들어 단숨에 들이켰다. 꿀물을 들이킨 연균은 옷장 안에서 도포를 꺼내 걸치고 갓끈을 매었다. 차림을 다 갖춘 연균이 안채로 향했다.

안채에서는 여자들의 뒷말이 한창이었다. 집 앞에 세워

진 열녀문에 제를 지내고 안채로 돌아온 연균의 처첩들은 과일 쟁반을 가운데 두고 둘러앉았다. 연균의 처가 사과 한 알을 깎으며 몹시 흥분한 목소리로 말을 꺼냈다.

— 어쩌면 사람이 그리들 잔인할 수 있는 것이오.

연균의 두 번째 첩 역시 흥분한 목소리로 덧붙였다.

— 저는 사실 형님이 자결했다는 것도 왠지 믿을 수가 없습니다.

연균의 첫 번째 첩이 깎은 사과 조각을 집어먹으며 말을 꺼냈다.

— 그럼 자결한 것이 아니란 말입니까?

— 하기는. 하나 남은 아들이 잘되는 일이라면 살인도 불사할 집안입니다.

사과를 다 깎은 연균의 처가 다시 감을 깎으며 말했다.

— 형님만 불쌍하게 된 거지. 너무 안됐어. 그동안 말이라도 한마디 걸어드릴 것을……

갑자기 마당을 쓸고 있던 여종 한 명이 재빨리 개 짖는 소리를 냈다. 연균이 안채로 들어오고 있다는 신호였다. 둘러앉았던 연균의 처첩들이 재빠르게 흩어졌다. 안채는 순식간에 정적에 휩싸였다.

안채로 들어온 연균은 자신의 처첩들에게 말 한마디 건네지 않은 채 연화가 떠난 빈 뒤뜰로 향했다. 뒤뜰 안으로 들어온 연균은 잠깐 동안 연화의 방문을 바라보다 담으로 향했다. 연균은 짧게 도움닫기를 한 뒤 감나무 가지를 잡고 담을 뛰어넘었다. 그렇게 집 밖으로 나온 연균은 미친 사람처럼 마을을 가로질러 뛰었다.

그렇게 연균은 한참 동안을 뛰어 자신도 모르게 서황사로 향하고 있었다. 숨을 고르기 힘들어 가슴을 쥐어뜯으면서도 연균은 쉬지 않고 달렸다. 어느덧 서황사가 있는 산 어귀에 도착한 연균은 다시 힘을 내어 산을 오르기 시작했다. 연균은 서황사까지 올라가는 도중에 무언가에 홀린 사람처럼 산 구석구석을 뒤져댔다. 서황사에 도착해서는 연화와의 사건이 있었던 나무가 우거진 장소도 샅샅이 뒤져 보았다. 해가 질 때까지 연균은 산을 뒤지는 것을 멈추지 않았다. 하지만 그렇게 산을 뒤지는 동안 연균은 자신이 무엇을 찾았던 것인지 잊어버렸다. 그러다 보니 연균은 하루 종일을 뒤져도 아무것도 찾을 수 없었다.

서황사의 산에 짙은 어둠이 깔렸다. 망연자실하게 바위

에 걸터앉아 있던 연균은 힘없이 산을 내려오기 시작했다. 그렇게 천천히 산을 내려오던 연균은 문득 발길을 돌렸다. 연균은 산으로 다시 올라가 능선을 타기 시작했다. 그리고 서황사가 있는 산을 한 고개 넘어 또 다른 고개로 향하기 시작했다. 서황사의 다음 고개에는 자신이 연화를 위해 마련한 집이 있었다. 산 속 어둠에 파묻힌 작은 초가집에 도착한 연균은 방으로 들어가 앉았다. 방 안에는 사람을 시켜 미리 가져다 놓은 여러 가지 물건들이 어지럽게 흩어져 있었다. 빈집에 들어가 잠깐 동안 멍하니 앉아 있던 연균은 앉은뱅이상을 끌어와 호롱불을 밝히고 편지를 쓰기 시작했다.

어머님, 과거시험을 준비하러 산에 들어왔습니다. 조용한 곳에서 공부하기 위해 집을 나온 것뿐이니 걱정하지 마십시오. 과거시험을 치르고 집으로 돌아가겠습니다.

연화의 여섯 번째 이야기

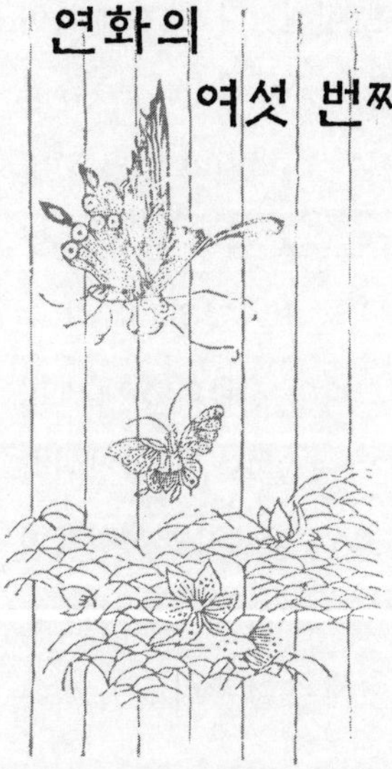

이불도 깔지 않고 쓰러져 잠이 들었나 보다. 어깨가 심하게 쑤셔왔다. 분명 어렴풋이 동이 트는 것을 보고 잠이 든 것 같은데 일어나보니 참새소리가 들려오는 아침이었다. 딱딱한 바닥에 모로 누워서 잠을 자서 그런지 바닥에 눌려 있던 한쪽 어깨가 심하게 쑤셨다. 붓을 잡고 글을 쓰기 시작한 뒤로 잠이 부쩍 줄었다. 짧은 시간밖에 잠을 자지 못하는데다가 끊임없이 꿈을 꾸느라 깊은 잠에 들지 못하는 때가 많은데 정신은 점점 더 또렷해졌다. 예전에 아버지께 서당에 보내달라고 고집을 피운 적이 있었다. 말도 안 되는 일이라며 일언지하에 거절하는 아버지의 인정을 받기 위해 며칠 밤낮을 먹지도 자지도 않고 글을 쓴 적이 있었다. 내가 여자아이이기 때문에 안 된다는 것을 이해할 수 없었던 어린 나이였다. 그런데도 그때와 지금의 상태가 비슷하다고 여겨지는 것은 왜일까. 나는 일어나면 금방이라도 쓰러질 것 같지만 정신은 오히려 더 맑아지고 예민해지는 느낌, 그 나쁘지 않은 느낌을 음미하며 다시 종이를 펼치고 붓을 집어들었다. 그리고 무엇에 홀린 듯이 글을 써내려갔다.

글을 쓰는 중간중간 춘삼이 방으로 들어왔다 나가기를 반복했다. 춘삼은 끼니때마다 찾아와 밥을 먹으라며 방문을 두드리곤 했는데 그냥 말없이 다녀가는 것을 보니, 춘삼이 식사하러 나오라는 말을 내가 듣지 못했거나 혹은 춘삼이 내가 글 쓰는 것을 방해하지 않기 위해 일부러 말을 꺼내지 않았던 것 같다. 급기야 춘삼은 끼니때마다 방으로 들어와 밥상을 놓아두기 시작했다. 그리고 내가 밥을 먹는 동안에는 밖으로 나가 자리를 피해주었다. 밖에서 내가 밥을

다 먹고 수저를 놓는 소리가 들리면 춘삼은 다시 방으로 들어왔다. 춘삼은 아무 말 없이 빈 밥상과 함께 내가 글을 써 놓은 종이 꾸러미를 추려서 들고 나가곤 했다. 그렇게 아침과 점심이 지나갔다.

또다시 저녁이 돌아오고 여느 때처럼 춘삼은 밥상을 들고 방 안으로 들어왔다. 그리고 나는 늘 그랬던 것처럼 다시 멍하니 밥상을 비웠으며 춘삼은 밖으로 나갔다가 다시 상을 치우기 위해 방 안으로 들어왔다. 방 안으로 들어온 춘삼이 나의 글이 적힌 종이를 추려 모으며 말을 꺼냈다.

— 오늘 밤 청운계 모임이 있습니다.

나는 멍하니 허공을 바라보다 되물었다.

— 모임……?

춘삼이 미소를 지으며 말을 이었다.

— 오늘은 당신의 소설을 다룰 것입니다.

— 아……

나는 나의 소설이라는 말에 정신이 들었다. 한동안 다른 세계에 있다가 현실로 돌아온 느낌이었다. 나는 새삼스레 방 안을 한번 둘러보고 현실 감각을 되찾았다. 주섬주섬 옷을 갈아입고 춘삼을 따라나섰다. 매월 주막까지 가는 길은 지난번보다 가깝게 느껴졌다. 나는 어두운 밤길을 춘삼과, 그리고 나의 소설에 등장하는 인물들과 함께 걷고 있었다. 밤길을 걷는 것이 지루하지 않았다. 그러다 보니 마을을 벗어나고도 한참을 더 가야 하는 매월 주막이 금방이었다. 멀리 불 켜진 매월 주막이 보였다. 한 번밖에 와보지 않은 주막이었지만 따뜻해 보이는 둥근 지붕의 초가가 익숙하게 느껴졌다. 나는 지난번 매월이 이야기와 노래를 했던 방 안으로 들어갔다. 방 안에는 이미 심간지당을 비롯한 청운계 회원들이 모두 도착해 있었다. 게다가 그들은 손에 작은 서책을 한 권씩 들고 이미 읽기를 끝낸 상태였다. 문득 저것이 내가 쓴 소설이라고 생각하니 가슴이 뛰었다. 심간지당이 미소를 지으며 말했다.

— 일찍 도착했군. 이리와 앉게.

나는 과부들에게 가볍게 인사를 한 뒤 적당한 곳에 자리를 잡고 앉았다. 춘삼이 나의 뒤를 따라 방으로 들어와 앉았다. 방 안에 묘한 정적이 흐르고 있었다. 나의 맞은편에 앉은 청운계의 과부 한 명이 나를 보며 물었다.

— 전부터 소설을 써오셨던 겁니까?

—아마도 그럴 걸세.

내가 대답하기 전에 심간지당이 대신 대답을 했다. 심간지당의 말이 틀린 말은 아니었다. 종이에 먹물을 찍은 붓으로 이야기를 남긴 것이 처음일 뿐이었다. 나는 긴 겨울밤 동안에는 화로의 식은 잿더미 위에, 더위에 잠을 이루지 못하는 여름밤에는 강가에서 떠온 모래 위에 수없이 손가락으로 문장을 썼다가 지우기를 반복해왔다. 문득 그 길었던 밤들이 머릿속을 스쳐 지나갔다. 나는 조심스럽게 말을 꺼냈다.

— 물론 종이에 남긴 것은 처음입니다. 하지만 오랫동안 마음속에 담아왔던 이야기입니다.

처음 쓴 글이냐고 물어보았던 과부가 나를 바라보며 고개를 끄덕였다. 이번에는 심간지당 옆에 앉은 과부가 담담한 목소리로 말을 꺼냈다.

— 정말 절실하셨나 봅니다.

그 과부는 나의 소설 뭉치를 손에 꼭 쥐고 있었다. 과부의 말을 들은 나는 몹시 부끄러워져서 고개를 숙였다. 심간지당이 웃으며 말했다.

— 이보게들, 이렇게 부지런히 글을 써오는 사람이 있으니 분위기부터 다르지 않은가.

심간지당의 기분이 좋아 보였다. 심간지당의 말대로 청운계의 분위기도 지난번 분위기와는 사뭇 달랐다. 마지막 손님을 보내고 주막을 정리한 매월이 방 안으로 들어왔다. 매월이 심간지당의 어깨를 툭 치며 말을 꺼냈다.

— 하하, 자네 어떻게 미리 글도 읽어보지 않고 이런 보배를 찾아냈나?

매월의 말에 심간지당이 목소리를 높여 대답했다.

— 사람이 중한 걸세. 사람을 보면 그 사람이 어떤 글을 쓸지도 예상된다네.

심간지당의 대답에 매월이 나의 얼굴을 집요하게 뜯어보았다. 나는 그런 시선이 익숙하지 않아 그만 고개를 돌렸다. 목부터 귀까지 빨갛게 달아오르는 것이 느껴졌다. 자리에 앉아 있는 것이 불편해질 때쯤 심간지당이 목소리를 내리깔고 말했다.

— 청운계의 축제가 얼마 남지 않았네.

심간지당이 축제를 한다는 말을 꺼냈다. 축제가 무엇을 의미하는지 알 수 없었지만 방 안에 갑자기 활기찬 분위기가 감돌았다. 문이 난 방향에 앉아 있던 과부가 들뜬 표정으로 말을 꺼냈다.

— 그러고 보니 봄이 얼마 남지 않았습니다.

심간지당이 고개를 끄덕이더니 나를 보고 말했다.

— 연화, 자네의 역할이 중요하네.

나는 얼결에 고개를 끄덕였다. 내가 할 수 있는 일은 글 쓰는 것 외에 딱히 없으니 아마도 글을 열심히 쓰라는 말인 것 같았다. 매월이 방 안의 분위기를 살피더니 부엌에서 술상을 한 상 차려왔다. 모두 매월의 술상을 환영했다. 나의 소설을 읽은 과부들이 나에게 한 잔씩 술을 따라주었다. 과일로 만든 술인지 첫 잔부터 달았다. 나는 술의 달콤한 향에 취해 따라주는 술을 거듭 마셨다. 세 잔 때부터 과부들이 건네는 말에 웃음이 나오기 시작하더니 다섯 잔쯤 들이켰을 때는 아무 이유도 없이 웃음이 나왔다. 일곱 잔쯤 마셨을 때부터 다시 이유 없이 눈물이 나왔고 열 잔쯤 마셨을 때 술잔을 떨어뜨리며 정신을 잃었다. 그리고 나는 지난번 혼돈주를 마셨을 때에도 그랬던 것처럼 몸을 가누지 못하고 춘삼의 등에 업혔다. 춘삼의 등에 업혀 심간지당의 집으로 돌아오면서 나는 어렴풋이 어렸을 적 어머니의 품 안에서 맡았던 것 같은 달큰한 땀 냄새를 기억해냈다.

나는 춘삼이 방 안에 눕혀놓은 상태 그대로 잠이 들었

다. 그리고 동이 틀 무렵 잠에서 깨어났다. 창에 바른 창호지를 거쳐 방 안으로 들어온 빛과 그림자를 살폈다. 묘시쯤 되는 것 같았다. 목이 말랐다. 나는 방문을 열어젖혔다. 방 안으로 습기가 들어찼다. 아침 안개가 마당에 짙게 깔려 있었다. 앞이 잘 보이지 않았다. 안개 속에서 인기척이 느껴졌다. 손등으로 눈을 비비고 다시 마당을 바라보았다. 흰 옷을 곱게 차려입은 심간지당이 흰 안개에 휩싸인 채 쟁반을 들고 서 있었다. 내가 바라는 것을 어떻게 알았는지 심간지당이 물었다.

—자네 목마르지 않나? 내가 물을 가지고 왔네.

신기했다. 나는 심간지당에게 고맙다고 말하며 고개를 숙여 답례를 했다. 심간지당이 쟁반에 담긴 물잔을 건네며 나의 방 안을 둘러보았다. 나도 심간지당의 시선을 따라 방 안을 둘러보았다. 방 안이 몹시 어지러웠다. 쌓아놓아야 할 몇 개의 이불더미가 무너져 있었고, 그중 한 장도 개어져 있는 이불이 없었다. 이불 사이사이로는 며칠 동안 쓰다 버린 파지들이 어지럽게 흩어져 있었으며 방바닥에는 먹물이 떨어진 자국도 있었다. 이렇게까지 방이 엉망이 되어 있는지 미처 몰랐다. 나는 새삼스레 방의 더러움을 확인하며 한숨을 내쉬었다. 무안하고 미안한 마음이 들어 낯이 붉어졌다. 머리를 긁적이며 심간지당에게 말했다.

―글을 쓰는 동안 방이 이렇게까지 엉망이 된 줄은 몰랐습니다.

나의 말을 들은 심간지당이 크게 웃으며 말했다.

―그럼 글도 쓰고 방도 치우는 게 가능할 거라 생각했나? 까짓것 글을 쓰기 위해 방을 어지럽혔다고 생각하시게. 천박한 가치를 실현하기 위해 절대적 가치를 짓밟아버리는 것이 우리네 사는 세상의 모습일세. 자네는 직접 경험하지 않았나……

나는 심간지당의 말을 잠시 곱씹어보다가 그만 웃어버렸다. 기분이 좋아졌기 때문이었다. 심간지당은 열녀 표창보다 과부의 목숨이 더 중요하다는 것을 아는 사람이었다. 문득 과부도 사람이라는 사실을 새삼스럽게 깨달을 때쯤, 심간지당이 나에게 다가와 어깨를 토닥였다. 그러다 두 손으로 두 어깨를 꽉 잡은 채 말했다. 나의 어깨를 잡은 심간지당의 손에 힘이 실려 있었다.

―죽은 사람의 심장도 다시 뛰게 만들 그런 글을 쓰게.

심간지당은 그렇게 한마디를 더 남기고 조용히 방을 나

갔다. 나는 심간지당이 나간 방문을 바라보며 그녀가 남긴 말을 되새겨보았다. 죽은 사람의 심장을 어떻게 다시 뛰게 할 수 있을까. 글로 타인의 가슴에 새롭게 생명을 불어넣는 것, 그것이 가능한 일일까. 하지만 불가능한 일은 아닌 것 같았다. 생각해보니 나 역시 한 번 죽었다 살아나 다시 심장이 뛰는 경험을 하고 있었다. 그것은 무언가 대단한 글을 읽거나 쓰면서 느꼈던 감정이 아니었다. 심간지당은 이 지극한 즐거움과 넘치는 생동감을 다른 이에게도 전할 수 있는 글을 원하는 것이었다.

그녀는 나를 믿고 있었다. 문득 심간지당에게 고마워졌다. 지금까지는 무작정 나의 상처를 치유하기 위해 글을 써내려갔을 뿐이었다. 그렇다면 나는 지금까지는 써왔던 방향에서 조금 더 나아가야 했다. 문득 나의 글을 읽을 누군가가 가슴이 벅차오를 정도의 설렘을 느끼거나 혹은 가슴이 먹먹해질 정도의 슬픔을 느낄 수도 있다고 생각하니 심장이 더 세차게 뛰었다. 나는 손에 들고 있던 물잔을 들이켰다. 차가운 물이 식도를 타고 내려가 빈 위장을 적셨다. 뱃속에서 물이 흐르는 소리가 그대로 들렸다. 아침에만 느낄 수 있는 상쾌한 공복감이었다. 나는 여전히 이불 개는 것을 잊은 채 방바닥에 화선지를 펼치고 마시다 남은 물을 벼루에 부어 먹을 갈기 시작했다.

〈연화전〉, 일곱 번째 이야기

심간지당은 한 손에 연화의 소설 묶음을 들고 담 안쪽으로 심어놓은 배나무를 향해 서 있었다. 배나무 가지에 싹이 트기 시작했다. 심간지당은 멍하니 나뭇가지를 바라보다가 이제서야 꽃망울을 발견했다는 듯 나뭇가지 앞으로 천천히 걸어갔다. 심간지당이 꽃망울에 시선을 둔 채 춘삼을 불렀다.

— 춘삼아.

마당을 쓸고 있던 춘삼이 비질을 멈추고 심간지당을 보았다. 심간지당이 여전히 나뭇가지에 돋아난 몇 개의 꽃망울에서 시선을 떼지 못한 채 말을 이었다.

—곧 있으면 이 집에도 배꽃이 만발하겠구나.

심간지당을 보던 춘삼이 미소를 지으며 다시 비질을 시작했다. 심간지당은 들고 있던 연화의 소설 묶음을 춘삼에게 건네며 말했다.

—축제를 준비하자, 춘삼아.

춘삼에게 그렇게 말하고 다시 나뭇가지 위의 꽃망울을 바라보는 심간지당의 표정이 몹시 즐거워 보였다. 춘삼이 연화의 소설을 한 장씩 넘겨보며 물었다.

—이 소설이 그리도 마음에 드십니까? 그럼 몇 권을 엮을까요?

심간지당이 미소를 머금은 채 말했다.

—우선은 한 권만 있으면 될 것 같다.

심간지당의 말을 들은 춘삼이 의아한 표정을 지으며 물었다.

—이 정도 수준이면 적어도 수십 권은 만들어야 하지 않습니까?

심간지당이 고개를 돌려 춘삼을 바라보았다. 그리고 목소리에 힘을 주어 말했다.

— 활자, 활자를 만들자꾸나.

춘삼이 놀란 표정으로 물었다.

— 활자라니요? 활자를 민간에서 만드는 것이 가능합니까?

심간지당이 여유로운 표정으로 대답했다.

— 만들지 못할 이유가 있겠나. 시도를 하지 않아 그렇지 나무로 만들면 어렵지 않을 걸세.

춘삼의 눈이 커졌다.

— 목판도 아니고 금속활자도 아니고 나무활자를 만든단 말입니까?

춘삼은 아직까지 한 번도 나무로 활자를 만들었다는 말을 들어본 적이 없었다. 보통 활자는 금속을 주조해 만들고, 나무를 쓸 때는 목판을 만들어 한 면의 내용을 한꺼번에 찍는다고 들었기 때문이었다. 하지만 춘삼은 이번에도 심간지당의 말을 따르기로 했다. 심간지당의 말은 너무도 자연스러워서 왠지 나무로도 오랫동안 활자를 만들어왔던 것처럼 느껴졌기 때문이었다. 심간지당이 말을 이었다.

— 연화가 머무는 방 앞에 있는 배나무는 그냥 배나무가 아니네. 돌배나무라네. 돌배나무는 결이 고르고 단단하여 활자를 만드는 데 큰 무리가 없을 것이야. 뒷산에서나 자란다는 돌배나무가 어떻게 집 안에 들어왔는지는 모르겠지만 이것도 운명이라고 생각하네. 나는 연화의 방 앞에 있는 그 나무가 돌배나무라는 것을 알았을 때부터 줄곧 나무활자를 꿈꾸어왔네.

그날부터 심간지당의 집에서는 돌배나무를 베고 가공하는 작업이 이루어지기 시작했다. 춘삼은 심간지당의 집 행랑채에서 일없이 지내는 사내종 두 명을 불러 함께 돌배나무를 베고 적당한 크기로 잘랐다. 잘게 자른 돌배나무는 새기기 쉽도록 한동안 물에 재워놓았다. 나무가 적당히 부드러워지면 물에서 건져 그늘진 곳에서 충분히 말려 수분을 뺐다. 그런 다음에는 나무판의 양쪽 표면을 돌로 갈아내어 매끈하게 만들고 판의 양쪽에는 마구리를 붙였다.

한동안의 연판 처리 작업이 끝나고 춘삼은 가공된 나뭇조각들을 모아 작업실로 들고 들어왔다. 이번 단계는 글씨체가 반듯한 춘삼이 혼자 처리해야 할 몫이었다. 춘삼은 적당한 투식판을 골라 잘게 잘라진 나뭇조각 크기만큼 잘랐다. 그런 다음 적당한 용지에 연화의 소설에 나온 첫 글자부터 하나하나 정성들여 적어나가기 시작했다. 춘삼의 이마에 땀방울이 맺혔다. 땀방울이 떨어지려 하자 춘삼은 붓을 놓았다. 그리고 작업실을 나가 넓은 천 조각을 들고 다시 들어왔다. 춘삼은 그 천으로 머리를 싸맨 뒤 하던 작업을 계속했다. 춘삼이 밥을 먹는 것도 잊은 채 작업에 열중하는 사이 작업실에는 어느덧 어둠이 내렸다. 어둠 때문에 앞이 보이지 않자 춘삼은 잠시 기지개를 폈고, 호롱에 불을 붙인 뒤 다시 작업을 이어갔다.

연균이 기거하기 시작한 산에는 짙은 어둠이 깔리기 시작했다. 산 속의 작은 초가에 들어가 앉은 연균은 초저녁부터 호롱에 불을 붙였다. 어두운 산중에는 호롱에 불을 붙인 연균의 초가집만이 창호문 밖으로 희미하게 빛을 뿜어내고 있었다. 그 새어나온 불빛을 따라 누군가가 연균의 초가를 찾았다. 삿갓을 쓴 사람은 발소리를 죽여가며 연균의 집 주변을 둘러보고 있었다. 연균의 신발이 놓여 있는 방을 발견한 그는 불이 새어나오는 방문 앞으로 최대한 그림자가 보이지 않게끔 몸을 숙이며 다가갔다. 삿갓을 쓴 사람은 조심스럽게 손에 침을 발라 문에 바른 창호지를 살짝 뚫었다. 그 사람은 그렇게 창호지를 녹여서 뚫은 아주 작은 구멍으로 방 안에 앉아 있는 연균을 보았다. 얼굴을 확인한 그 사람은 고개를 끄덕이더니 연균의 집을 나왔다. 그리고 내리막길을 걷기 시작하면서 삿갓을 벗었다. 삿갓을 쓰고 연균의 집을 염탐했던 자는 심간지당이었다.

집으로 돌아온 심간지당은 춘삼의 작업실부터 찾았다. 그리고 한참 동안 작업 중이던 춘삼에게 자신이 그린 지도를 내밀었다. 그리고 한 지점을 가리켰다. 지도를 본 춘삼이 들고 있던 붓을 내려놓고 말없이 고개를 끄덕였다. 심간지당은 춘삼에게 흰 장옷을 내밀었다. 춘삼의 몸에 맞게끔 보통 부녀자들이 입는 장옷보다 훨씬 크게 만들어진 장옷이었다. 심간지당은 춘삼에게 장옷을 건네며 나머지 일은 자신이 마저 할 테니 다녀오라고 말했다. 춘삼은 일손을 놓고 장옷을 들었다.

춘삼이 작업실을 나가자 심간지당은 춘삼이 해놓은 작업을 하나하나 훑어보았다. 한동안 나뭇조각들을 살피던 심간지당은 춘삼이 나뭇조각들 옆에다 놓아두고 베끼다만 연화의 소설을 집어들었다. 이미 한 권의 서책으로 엮인 연화의 소설의 표지에는 아직 아무것도 적혀 있지 않았다. 심간지당은 표지를 넘겼다. 연화가 쓴 소설의 첫 부분이 드러났다. 심간지당은 품 안에서 새 종이를 꺼냈다. 그리고 연화의 소설을 옆에 둔 채 새 종이에 무언가를 열심히 적어 넣기 시작했다.

한편 작업실에서 나온 춘삼은 연화의 방 앞으로 향했다. 연화의 방 앞마당은 휑했다. 얼마 전까지만 해도 가지를 담벼락에 드리웠던 돌배나무가 베어졌기 때문이었다. 춘삼은 나무를 베어낸 자리에 엉덩이를 걸치고 앉아 연화의 방문을 바라보았다. 연화의 방에서 희미하게 불빛이 새어나오고 있었다. 춘삼은 다시 일어나 연화의 방 앞을 서성이다 발길을 돌렸다. 발길을 돌린 춘삼은 심간지당이 준 장옷을 뒤집어쓰고 집을 뛰어나갔다. 방 안에서 글을 써내려가던 연화가 인기척을 느끼고 고개를 들어 잠시 문 쪽을 바라보았다. 일어나 문을 열어보려던 연화는 도로 앉아 글을 이어갔다. 연화가 그렇게 움직이지도 않고 글을 쓰는 동안 세상에는 다시 어둠이 걷히고 또다시 동이 터왔다.

산은 아직 동이 트기 전이었다. 연균은 일찌감치 자리에서 일어났다. 자리에서 일어난 연균은 행장을 꾸렸다. 연균은 꽤나 두께감이 있어 보이는 보자기 안에 몇 권의 책을 넣고 보자기 끝자락을 모아 매듭을 지었다. 보자기를 손에 든 연균이 집 밖으로 나와 산을 내려가기 시작했다. 얼마 동안 산을 내려가던 연균이 걸음을 멈추고 뒤를 돌아보았다. 누군가가 자신을 따라오는 듯한 느낌이 들었지만 막상 뒤를 돌아보면 아무도 없었다. 하지만 연균이 돌아본 산에는 봄이 채 무르익기도 전에 짙은 초록빛을 띠는 풀과 나무만 무성할 뿐이었다.

연균의 뒤를 밟고 있던 춘삼은 연균이 집을 나오는 순간부터 뒤를 돌아보고 고개를 갸우뚱거리는 모습까지 모두 지켜보고 있었다. 연균이 춘삼을 발견하지 못한 것은 그가 뒤를 돌아보았을 때 춘삼이 재빠르게 수풀 안으로 숨었기 때문이었다. 연균이 점점 속도를 내어 산을 내려가기 시작했다. 춘삼도 연균의 뒷모습이 간신히 보일 만큼의 거리를 두고 따라 걷기 시작했다.

그렇게 연균은 산을 다 내려가고 나서도 마을을 가로지르고 낮은 언덕을 넘었다. 춘삼은 한참 동안 그런 연균의 뒷모습을 집요하게 좇으며 뒤를 밟았다. 연균이 세 번째 마을에 도착했을 무렵이었다. 마을에 도착하자 밥 짓는 냄새가 풍겨왔다. 춘삼은 갑자기 허기가 졌다. 아침을 거른 채 쉬지 않고 걸었던 탓이었다. 춘삼은 태양의 위치를 살폈다. 오시쯤 되는 것 같았다. 점심시간이었다. 다행히 연균도 배가 고팠던지 어느 기와집 앞에서 걸음을 멈추었다. 연균은 큰 목소리로 사람을 불렀다.

— 이리 오너라.

그 집의 종으로 보이는 누군가가 대문을 열어주었다. 연균은 밥을 한 끼 얻어먹으러 왔다며 큰 기와집 안으로 걸어 들어갔다. 연균이 집 안으로 들어간 것을 확인한 춘삼은 그 집의 담 밖을 돌아보며 적당히 몸을 숨길 곳을 찾았다. 다행히 춘삼은 그 집의 뒤쪽 담벼락 밑에 진달래꽃이 한 무더기 피어 있는 것을 발견했다. 춘삼은 진달래꽃이 피어 있는 곳으로 몸을 숨겼다. 작은 보따리 안에서 식은 주먹밥을 꺼냈다. 따뜻한 봄 햇살이 진달래꽃 덤불 위로 쏟아져 내리고 있었다. 꽃과 함께 햇살을 받은 춘삼의 몸도 따뜻해져갔다. 몸이 따뜻해진 춘삼은 주먹밥을 먹다 잠이 들어버렸다. 간밤에 잠을 한숨도 못 잔 탓이었다.

춘삼이 잠에서 깨어나 보니 붉은 노을이 맞은편 산을 뒤덮고 있었다. 춘삼이 머리를 대고 잠이 들었던 자리에는 진달래꽃 몇 송이가 시들기도 전에 바닥에 떨어진 채 짓이겨져 있었다. 춘삼은 주변의 흙으로 떨어진 진달래꽃 송이를 덮어주었다. 그리고 옷에 묻은 흙을 털고 일어났다. 혹시나 하는 마음에 담을 넘어 몰래 집 안을 살펴보았지만 연균은 이미 떠나고 없었다. 춘삼은 무작정 한양으로 가려다 걸음을 멈추었다. 속이 답답했다. 항상 일 처리를 정확히 한다고 자부해왔던 춘삼이었다. 살면서 이런 실수를 저지른 것은 처음이었다. 과거시험을 치르기 전에 연균을 잡아들였어야 했다. 춘삼은 한양으로 가려던 발걸음을 돌렸다.

생각해보니 지금쯤이면 이미 과거시험이 끝나고도 한참이 지났을 시간이었다. 잠이 든 것도 모자라 생각까지 둔해진 것 같아 춘삼은 자신의 머리를 때리며 자책했다. 지금 한양으로 가게 되면 헛걸음이 될 것이 분명했다. 춘삼은 최 대감 집과 산 속에 있는 연균의 초가 중에 연균이 어디를 먼저 갈지 생각해보다가 서황사 쪽 연균의 초가로 발걸음을 옮겼다.

최 대감 집에서는 과거시험을 보고 돌아오는 연균을 맞이하기 위해 잔치 준비가 한창이었다. 최 대감 집의 식솔들은 부엌에서 음식을 만들 공간이 모자라 안채까지 음식 재료를 가지고 나와 요리를 했다. 고소한 참기름을 발라놓은 떡과, 지글거리는 소리를 내며 익어가는 부침개와, 커다란 솥에서 부글부글 끓고 있는 고깃국과 또 그 외의 많은 음식들이 안채의 마당을 채우고 있었다. 최 대감부인이 커다란 가마솥을 열었다. 하얀 김이 솟아올라 최 대감부인의 얼굴을 감쌌다. 밥에서 나온 수증기를 받은 최 대감부인의 얼굴에 윤기가 돌았다. 최 대감부인은 안채를 이리저리 돌아다니며 연균의 처첩들과 최 대감 집의 여종들에게 목소리를 높여 잔소리를 했다.

한편 춘삼은 쉬지 않고 뛰어 연균의 초가 앞에 가까스로 도착했다. 춘삼의 추측대로 연균은 산 속 초가에 있었다. 춘삼은 담 밖에서 연균의 초가를 지켜보았다. 연균이 문을 열고 바깥으로 나와 신을 신었다. 이곳에 계속 있을 것 같지는 않아 보였다. 연균이 방 안에서 짐을 끌어내고 있었다. 춘삼은 몇 차례 방을 들락거리며 문밖으로 짐을 끌어내는 연균을 보며 몸을 낮추었다. 그리고 심간지당이 준 장옷을 보따리에서 꺼내어 머리 위에 뒤집어썼다.

마당에 짐을 다 내놓은 연균이 도포를 두르고 밖으로 나왔다. 보따리가 한 짐이었다. 연균은 마당 한구석에서 지게를 가져왔다. 그리고 밖에다 내놓은 짐들을 지게에 실었다. 연균은 지게를 처음 져보는 사람처럼 어깨를 꿈틀거리며 몇 번이나 지게의 위치를 확인해보고 조절했다. 춘삼은 그 모습을 보며 귀한 집 도련님이 이렇게까지 고생하는 이유가 무엇인지 궁금해하다가 문득 생각을 접고 고개를 저었다. 연균이 마당을 걸어 나와 산길을 따라 내려가기 시작했다. 춘삼도 서서히 연균의 뒤를 따라갔다.

연균에게 지게를 지고 산을 내려가는 일은 몹시 힘든 일이었다. 처음 이 산에 거처를 만들 때부터 짐은 사내종이 도맡아 옮겼고, 그 뒤로도 몇 번을 더 짐을 들고 오갔지만 그때 역시 짐을 나르는 일은 사내종의 몫이었다. 그렇다고 연균이 아무것도 들지 않고 산을 올랐던 것은 아니었다. 대나무살을 쪼개어 만든 부채나 지팡이로 쓸 만한 적당한 나뭇가지 정도는 연균이 직접 들었다. 하지만 지게는 아니었다. 사내종이 가볍게 지고 올라오는 것을 보고 직접 지고 내려갈 수도 있겠다고 생각해본 적은 있었지만 무게가 만만치 않았다. 다 버리고 꼭 가져가야 할 것들만 챙겼기 때문에 놓고 갈 수는 없었다. 연균은 지게를 벗어던져 버리고 싶은 충동을 몇 번이나 꾹 참아냈다.

그렇게 꾹 참아가며 산을 거의 다 내려왔을 무렵이었다. 연균에게 결국 지게를 벗어던져 버리게 만든 사건이 일어났다. 연균에게는 그 지게에 올린 물건이 왕의 하사품이거나 아버지의 유품이라 하더라도 던져버렸을 상황이었다. 늘 오르내리던 좁은 산길에 누군가가 길을 지나지 못할 정도로 쇠똥을 수북이 쌓아놓았다. 산 속에서 예기치 못하게 쇠똥을 마주친 연균이 토악질을 했다. 어렸을 적부터 비위가 약해 사람이 눈 똥도 보지 못했다. 그래서 연균은 웬만해서 뒷간에 가지 않았다. 어렸을 적부터 요강에만 일을 보았고 그 요강도 종들이 치우게 했던 연균이었다.

연균은 허리를 굽히며 구역질을 해댔다. 그리고 길이 아닌 곳으로 발걸음을 돌렸다. 길이 아닌 곳은 어디를 둘러보아도 앞으로 나아갈 수 없을 정도로 나무와 풀이 무성하게 자라나 있었다. 하지만 연균은 똥을 넘어가는 것보다는 앞이 보이지 않는 숲을 헤쳐나가는 것이 낫다고 생각했다. 어쩔 수 없이 연균은 길게 자라난 풀을 양쪽으로 헤치며 앞으로 나아갔다. 팔로 휘젓기엔 풀이 몹시 억셌다. 연균이 억센 풀에 대고 마구 짜증을 내는데 갑자기 머리 위에서 휘파람 소리가 들려왔다.

— 휘~

연균이 위를 올려다보았다. 그러나 나뭇가지와 어두운 하늘 외에는 아무것도 보이지 않았다. 연균이 다시 가던 길을 걸었다. 그런데 다시 위에서 휘파람 소리가 들렸다.

— 휘~

연균이 미간을 찌푸리며 소리를 질렀다.

— 대체 누구냐!

연균이 그렇게 외치고 다시 위를 올려다보았다. 그 순간이었다. 연균의 머리 위로 흰 장옷이 떨어졌다. 그리고 장옷과 함께 나무 위에 올라가 몸을 숨기고 있던 춘삼도 날렵하게 뛰어내렸다. 연균의 뒤편으로 뛰어내린 춘삼은 흰 천으로 연균의 눈을 가렸다. 그리고 밧줄을 들어 빠른 속도로 연균의 팔다리를 포박했다. 그리고 장옷으로 연균을 덮었다. 연균은 자신의 뒤에서 누군가가 흰 천을 뒤집어씌우는 것을 느끼고 연달아 소리를 질렀다.

—아니 이게 대낮부터 무슨 해괴한 짓이냐!

연균이 목소리가 갈라질 정도로 크게 소리를 질렀다. 춘삼은 연균이 소리를 내지 못하도록 천으로 입을 둘러 막아 버렸다. 그리고 낮은 목소리로 말했다.

—네가 언제부터 낮과 밤을 가렸더냐.

그렇게 짧은 말을 내뱉은 춘삼은 연균을 뒤집어싼 장옷의 끝자락을 둥글게 모았다. 연균이 팔다리가 묶인 채 격하게 몸을 움직였다. 하지만 춘삼은 아랑곳하지 않고 연균을 뒤집어싼 장옷을 자루와 비슷한 모양으로 만들었다. 연균은 장옷자루에 담긴 셈이 되었다. 춘삼은 연균이 든 장옷자루의 입구를 끈으로 단단히 동여매고 나서 어깨에 둘러멨다. 그리고 어디론가로 향했다.

어둠이 내렸다. 세상의 과부들에게도 다시 긴 밤이 찾아오고 있었다. 그리고 청운계의 과부들은 각자의 집에서 조용히 때를 기다리고 있었다.

첫 번째 과부는 호롱불 밑에서 바느질을 하다 들고 있던 바늘로 허벅지를 찌르며 아파하고 있었다. 두 번째 과부는 벽에다 귀를 갖다대고 식솔들이 정을 나누는 신음소리를 몰래 엿듣고 있었다. 세 번째 과부는 비스듬히 누워 멍하니 천장을 올려보다 치마 밑으로 손을 집어넣고 가는 신음소리를 내고 있었다. 그리고 네 번째 과부는 길게 한숨을 내쉬며 옆방에 들릴 만큼 닫혀 있는 문을 다시 열었다 닫아버렸다.

툭.

그러던 과부들의 방문에 무엇이 닿았다 떨어지는 소리가 들렸다. 과부들은 소스라치게 반가워하며 방문을 열어젖혔다. 과부들의 방문 앞에는 담 밖의 어딘가에서 날아온 돌이 떨어져 있었다. 그리고 납작하게 생긴 그 돌에는 하얀 쪽지가 묶여 있었다. 쪽지에는 이렇게 적혀 있었다.

오늘 밤, 청운계.

쪽지를 받아든 과부들의 얼굴에 화색이 돌았다. 과부들은 흰 옷을 벗고, 장롱 깊숙이 숨겨둔 화려한 옷과 장신구를 꺼냈다. 과부들은 각자의 모습에 어울리게 자신을 꾸미기 시작했다. 한참 동안 화장을 하고 장신구를 고르던 과부들은 벗어놓은 흰 저고리와 치마를 다시 집어들었다. 흰 옷을 덧입은 과부들은 그 위에 장옷까지 흰색으로 걸치고 까치발로 집을 나오기 시작했다.

과부들은 각자 자신의 시댁의 담을 넘었다. 첫 번째 과부는 낑낑대면서 어렵게 담을 넘었고, 두 번째 과부는 장독대를 밟고 담을 넘었다. 세 번째 과부는 담벼락에 풍성하게 자라난 덩굴을 헤쳐 개구멍으로 담을 빠져나왔고, 네 번째 과부는 사내종을 불러 엽전을 찔러준 뒤 그의 등을 밟고 담을 넘어 집 밖으로 나왔다.

반면 길에서 도움닫기를 하여 마당 안으로 훌쩍 뛰어넘는 과부도 있었다. 이 과부는 심간지당이었다. 심간지당은 가뿐히 담을 넘어 자신의 집으로 들어왔다. 심간지당은 다시 담 밖으로 훌쩍 뛰어올라 자신을 발견한 사람이 없는지 주변을 한번 둘러보았다. 심간지당이 밖으로 신호를 보내자 커다란 자루 하나가 둔탁한 소리를 내며 마당 안의 심간지당 옆으로 떨어졌다. 떨어진 자루 안에서 가는 신음소리가 들렸다. 마당에 떨어진 자루가 몹시 꿈틀댔다. 심간지당이 낮은 목소리로 담 밖을 향해 말했다.

—좀 조심히 다루게.

담 밖에서 춘삼의 목소리가 들렸다.

—그래도 덤불 위로 던졌습니다.

자루가 떨어진 담 안쪽으로 춘삼이 뛰어내렸다. 심간지당이 춘삼에게 말을 꺼냈다.

—미안하지만 오늘 계획이 바뀌었어. 모두들 매월 주막으로 모이라고 했네.

춘삼은 묵묵히 바닥에 던져놓은 자루를 들어 도로 어깨에 둘러멨다.

어느덧 매월 주막을 둘러싸고 있는 배나무에도 배꽃이 활짝 피었다. 매월 주막의 하루 장사가 끝나가고 있었다. 주막 안에는 비단옷을 입은 서생 두 명이 매월의 노래를 듣고 있었다. 탈을 쓴 매월이 마지막 손님들을 위해 주막의 대청에 자리를 잡고 앉아 이야기와 노래를 이어가고 있었다. 판이 끝나갈 무렵 비단옷을 입은 서생들이 행패를 부리기 시작했다. 두 명 다 술이 거나하게 취한 상태였다. 그중 한 서생이 크게 웃으며 말했다.

—하하하, 손님이 들지 않는 늙은 퇴기의 마지막 발악이로구나.

그러자 맞은편의 서생이 과실주 안에 있는 과일을 앉아 있는 매월에게 던지며 거들었다.

— 재미없는 소리는 집어치우고 그 탈이나 벗어보아라. 그래야 내가 손님으로 네 방에 들어가 줄지 말지를 결정할 수 있지 않겠느냐.

다시 맞은편 서생이 큰 목소리로 말을 이었다.

— 탈을 벗기 싫거든 옷을 벗든지.

노래를 하고 있던 매월은 침착함을 잃지 않은 채 한마디 거들었다.

— 원하신다면 곧 벗어드리지요.

매월의 말을 들은 서생들이 발을 구르며 웃었다. 매월 역시 그들을 따라 크게 한번 웃었다. 한참을 웃던 매월은 숨을 고른 뒤 불현듯 빠른 장단으로 장단을 맞추기 시작했다. 매월은 노래를 다시 이으며 눈을 감았다. 매월은 눈을 감은 채 자진모리 장단보다 빠른 걸음으로 주막을 향해 걸어오는 사람들의 발걸음 소리를 느꼈다. 발걸음 소리는 고요한 밤길의 정적 속에서 흙땅을 밟고 뒤뜰을 사뿐하게 넘었다. 매월은 청운계의 과부들이 주막에 도착한 것을 알고 눈을 감은 채 미소를 지었다. 매월 주막의 뒷방에서 과부들이 두런거리는 목소리가 들려오기 시작했다.

매월은 노래를 멈추고 눈을 떴다. 그리고 조용히 두 명의 서생에게 다가가 한 잔씩 술을 따랐다. 그리고 거나하게 취한 서생들이 눈치를 채지 못하는 동안 매월은 그들의 술잔에 약물을 탔다. 마시면 그대로 잠이 온다는 약재를 사흘 동안 달여 만든 약물이었다. 크게 웃으며 술잔을 들이킨 서생들은 이내 잠에 곯아 떨어졌다. 두 명의 서생이 완전히 잠이 든 것을 확인한 매월은 큰 소리로 주막의 뒷방에 도착한 청운계의 과부들을 앞마당으로 불러 모았다.

— 이보게, 나와서 좋은 구경 함께 하세.

뒷방에서 수다를 떨고 있던 청운계의 과부들이 어슬렁거리며 마당으로 나왔다. 마당으로 나온 과부들이 쓰러진 서생들을 발견하고 매월을 바라보았다. 매월이 과부들을 보고 쓰러진 서생들을 향해 고갯짓을 했다. 과부들은 웃음을 참으며 두 명씩 한 명의 서생을 붙잡고 차례로 옷을 벗겨내기 시작했다. 잠이 든 두 명의 서생은 순식간에 알몸이 되었다. 과부 한 명이 혀를 차며 입을 열었다.

— 쯧쯧, 별로 좋은 구경은 아닐세.

또 다른 과부가 크게 웃으며 거들었다.

— 그러게, 눈만 버렸구먼. 아직 심간지당과 춘삼이 도착하지 않았으니 마을 어귀 솟대 앞에 던져놓고만 옵시다.

청운계의 과부들이 큰 소리로 웃었다. 과부들은 수레를 꺼내와 수레 위에 서생들을 올리고 천으로 덮었다. 그리고 수레를 끌기 시작했다. 과부들은 마을 어귀의 솟대까지 수레를 끌어다 서생들을 내려놓고 돌아왔다. 매월은 돌아온 과부들에게 수고했다며 과일주를 한 잔씩 돌렸다. 과부들이 시원하게 과일주를 들이키고 있는데 주막에 심간지당과 연화와 춘삼이 도착했다. 과부들이 환호성을 질렀다. 춘삼은 매월 주막의 뒤쪽에 위치한 작은 방으로 들어가 연균이 들어 있는 자루를 던져놓고 자물쇠를 걸었다. 다시 앞마당으로 돌아 나온 춘삼이 심간지당에게 열쇠를 건네고 매월 주막을 나갔다. 춘삼이 매월 주막의 담 밖으로 사라지자 심간지당이 청운계의 과부들에게 말했다.

— 먼저 안방으로 들어갑시다.

청운계의 회원들이 매월 주막의 안방에 둘러앉았다. 과부 한 명이 옆에 있던 과부의 흰 치마를 들추어보며 비꼬듯 말했다.

— 무얼 이리 꾸미고 오셨소. 자네는 이번에도 허탕칠

것이 뻔한데.

그러자 치마가 들추어진 과부가 대꾸했다.

—나는 오 년째 남자 구경을 못 했소. 이번에는 기필코 내가 되어야 하오.

맞은편에 있던 과부도 말을 꺼냈다.

—나 역시 양보할 수 없소. 이번 봄을 위해 청나라에서 비싼 향수까지 구해다 뿌렸단 말이오!

말을 하지 않고 조용히 두 손을 비비며 기도를 하던 한 과부가 나머지 과부들에게 일침을 놓았다.

—거 참, 하고 싶다고 되는 것도 아닌데 호들갑 좀 그만 떠시오.

과부들이 서로 입술을 삐죽이며 옥신각신했다. 구석에 앉은 연화는 과부들의 모습을 멍하니 바라보며 딴생각에 잠겨 있었다. 이렇게 안방의 분위기가 어수선한 가운데 심간지당이 방 안으로 들어왔다. 방 안의 분위기가 한 곳으로 집중되었다. 심간지당의 손에는 젓가락통이 들려 있었다. 심간지당이 방문 옆에 앉은 과부에게 먼저 젓가락통을 내밀며 말했다.

—많이들 기다리셨소. 자, 차례로 뽑으시오.

과부들의 얼굴에 다시 화색이 돌았다. 방문 옆에 앉아 있는 바람에 제일 먼저 젓가락을 뽑게 된 첫 번째 과부가 이리저리 젓가락통을 휘젓다 하나를 집어들었다. 확신에 찬 얼굴로 젓가락을 집어든 첫 번째 과부는 젓가락의 밑부분을 확인하더니 얼굴을 찌푸렸다.

— 에잇, 지난번 그 젓가락이 아닌가 보오.

첫 번째 과부의 옆자리에 앉아 있던 과부가 자리에서 일어나 젓가락통을 받아들었다. 두 번째 과부는 회심의 미소를 지으며 젓가락을 뽑아들었다. 하지만 밑부분을 확인한 두 번째 과부 역시 오만상을 찌푸리며 자리에 주저앉았다. 세 번째로 젓가락을 뽑은 과부는 자신이 아니라는 것을 확인하고 서럽게 울었다. 눈물을 훔치고 있는 세 번째 과부에 이어 젓가락을 뽑게 된 네 번째 과부의 얼굴이 몹시 밝아졌다. 젓가락통에 남은 젓가락은 두 개뿐이었다. 네 번째 과부는 두 개의 젓가락 중 하나를 뽑아들었다. 하지만 젓가락의 밑부분을 확인해도 아무런 표식이 없자 네 번째 과부는 젓가락을 방바닥에 던져버렸다. 방 안에 있는 과부들의 시선이 일제히 방의 구석진 자리에 앉아 있던 연화를 향했다.

연화가 얼떨결에 젓가락통을 받아들고 하나 남은 젓가

락을 집어들었다. 다른 과부들이 그랬던 것처럼 연화는 젓가락의 밑부분을 확인했다. 젓가락의 밑부분에 붉은 동그라미가 그려져 있었다. 과부들의 절망적인 시선이 연화에게 쏟아졌다. 연화가 과부들을 둘러보며 말을 꺼냈다.

— 이 젓가락은 원하는 사람이 가져가십시오. 저는 아직 끝내야 할 일이 있으니 빠지겠습니다.

숨을 죽이고 연화를 바라보던 심간지당이 한숨을 내쉬었다. 오늘 이곳으로 연화를 데려온 것은 심간지당의 착오였고 젓가락통에 남은 젓가락 하나를 뽑아야 할 사람은 연화가 아니라 매월이기 때문이었다. 과부들의 표정은 다시 밝아졌다. 매월은 다른 날보다 조금 늦게 주막의 뒷정리를 끝내고 방 안으로 들어왔다. 매월이 들고 들어온 상 위에 술과 과일이 가득했다. 매월이 웃으며 말했다.

— 대신 내가 들어가도 되겠나?

방 안에 있던 모든 시선이 매월에게 향했다. 연화가 젓가락을 매월에게 건넸다. 젓가락을 받아든 매월이 크게 웃었다. 매월은 벽에 걸려 있던 탈을 집어들었다. 하얀 바탕의 얼굴에 붉은 연지가 그려져 있는 각시탈이었다. 심간지당이 매월을 바라보았다. 심간지당이 매월에게 열쇠를 건냈다.

심간지당으로부터 열쇠를 건네받은 매월이 안방을 나와 뒷방으로 향했다. 불이 꺼진 작은 방에 자물쇠가 채워져 있었다. 매월이 손에 든 각시탈을 들어 얼굴에 썼다. 소매 안에 넣어두었던 열쇠를 꺼내 문을 열었다. 오시였다. 태양의 양기가 죽고 땅에서 음기가 솟아오르기 시작하는 시간이었다. 불을 켜지 않은 방 안은 한 걸음 앞이 분간이 가지 않을 정도로 캄캄했다. 매월은 호롱에 불을 붙였다. 호롱불이 켜지자 방 안이 조금 밝아졌다. 손발이 묶여 쓰러진 서생이 몸을 웅크리고 등을 돌린 채 누워 있었다. 밧줄에 결박된 서생의 손목과 발목 주변에 상처가 나 있었다. 매듭을 풀기 위해 여러 번 손발을 거칠게 움직였던 것 같았다. 숨소리를 들어보니 잠이 든 것 같았다.

매월은 서생의 등 뒤로 가서 눈을 가린 가리개를 풀었다. 그리고 다시 맞은편으로 돌아와 서생의 얼굴을 살폈다. 서생의 얼굴을 본 매월은 머리를 갸웃거리더니 쓰고 있던 각시탈을 머리 위로 올리고 호롱을 가져왔다.

매월은 연균의 얼굴을 확인하기 위해 호롱불을 가까이

가져갔다. 한 손으로 호롱불을 들고 연균의 얼굴을 들여다 보던 매월은 연균의 얼굴을 확인하고 눈을 크게 한 번 깜빡였다. 매월은 호롱불을 좀더 연균의 얼굴 가까이 가져갔다. 연균의 얼굴을 아주 밝게 비추어 본 매월은 뒤로 넘어졌다. 매월은 들고 있던 호롱불을 연균의 머리 위로 떨어뜨렸다.

호롱불은 연균의 머리 위를 한 번 때리고 얼굴을 타고 굴러 방바닥으로 떨어졌다. 연균의 머리와 얼굴에 기름이 쏟아졌다. 그리고 떨어지는 순간까지 심지에 붙어 있던 불은 순식간에 연균의 머리와 얼굴에 부어진 기름을 따라 번졌다. 뜨거운 불길을 느낀 연균이 소스라치며 잠에서 깨어났다. 연균은 자신의 얼굴에 붙은 불을 보고 손발을 격렬하게 꿈틀대며 방을 굴렀다.

갑작스러운 상황에 당황한 매월은 자신의 치마를 벗어 불이 붙은 연균의 머리를 여러 번 내리쳤다. 매월이 큰 목소리로 불이 났다며 사람을 불러댔지만 이미 청운계의 과부들과 심간지당은 각자의 집으로 돌아가고 없었다. 연균의 머리와 얼굴에 붙은 불은 연균의 머리카락을 얼마 남기지 않고 집어삼켰다. 그렇게 불은 연균의 머리카락을 거의 다 태우고도 연균의 얼굴을 얼마간 더 태우다 가까스로 잡혔다.

매월은 밖으로 나가 큰 바가지에 물을 담아왔다. 그리고 연균의 머리에 쏟아부었다. 연균은 두 손으로 얼굴을 감싸 쥐었다가 참을 수 없는 고통에 다시 얼굴에서 손을 떼고 소리를 질렀다. 매월은 다시 밖으로 나가서 같은 바가지에 물을 담아 들어왔다. 매월은 다시 한 번 연균의 얼굴에 찬물을 부었다. 그리고 칼을 들어 연균의 손과 발을 결박하고 있던 밧줄은 어렵사리 끊었다. 밧줄이 떨어져나가자마자 연균은 머리를 감싸 쥐고 밖으로 뛰쳐나갔다.

매월은 뒤도 돌아보지 않고 주막을 뛰어나가는 연균의 뒷모습을 한동안 멍하니 바라보았다. 연균은 오래전 매월을 떠났던 한 서생과 몹시 닮아 있었다. 그 서생은 이야기를 지어내기 좋아했던 매월을 수년 동안 이야기를 지어내지 못하도록 만들었던 사람이었다.

얼굴이 흉측하게 망가지기 시작하면서 기생집을 나온 매월은 마을에서 멀찌감치 떨어진 곳만을 찾아 돌아다니며 각시탈을 쓰고 들병장사를 해왔다. 마을 사람들은 얼굴이 망가진 퇴기가 같은 마을에 한 자리를 차지하고 살아가는 것을 좋아하지 않았다. 매월은 마을 밖에 살면서 필요한 물품을 구하기 위해 마을 안에서 살아가는 사람들과 친분을 쌓아둘 수밖에 없었다. 매월은 이 마을 어귀 저 마을 어귀를 떠돌아다니면서 빨래터에 모인 아낙들에게 지어낸 이야기를 늘어놓았다. 그것은 생존을 위한 것임과 동시에 매월의 유일한 낙이었다.

매월은 거처를 옮겨 다니며 어떤 곳에서는 자신을 어느 대감 집 서녀라고 말하기도 하고, 또 다른 곳에서는 역적의 자식이라고도 말했다. 또 어떤 곳에서는 자신이 몇 년째 수절중인 과부라고 소개하기도 했다. 매월이 이렇게 빨래터에 나가 한번 이야기를 꺼내기 시작하면 빨래터의 아낙들은 몇 날 며칠이고 매월의 이야기로 수다를 떨었고 매월이 빨래터에 나오기를 손꼽아 기다렸다. 그러면 마을 밖에 살고 있다 하더라도 몇 명의 친구 정도는 가질 수 있었다. 하지만 매월은 항상 가슴속에 자신이 계집종의 배에서 나온 천출일 뿐이라는 응어리가 있었다. 매월은 한 번도 진짜 자신의 이야기를 빨래터의 아낙들에게 한 적이 없었다.

그러던 매월이 딱 한 번 누군가에게 진짜 자신의 이야기를 한 적이 있었다. 매월은 각시탈을 쓰고 들병장사를 하고 있었다. 한 젊은 서생이 마을 밖으로 나와 산을 오르기 전에 매월의 술을 한 번 사 마셨다. 그 젊은 서생은 산을 내려오면서 또 한 번 매월의 술을 사 마셨다. 그렇게 매월과 젊은 서생은 두 차례를 마주 앉아 함께 술잔을 나누었다. 그렇게 두 번의 대작을 하는 동안 그들은 아무것도 묻지 않고 아무 말도 하지 않았다.

매월과 그 젊은 서생은 서로 이름도 묻지 않았다. 다만 마을로 돌아갔던 서생이 다시 매월을 찾은 뒤부터는 일방적으로 매월의 이야기를 듣기 시작했다. 그는 매월의 이야기를 듣는 것을 좋아했다. 매월은 각시탈의 눈구멍 밖으로 젊은 서생의 눈을 보았다. 대부분의 사람들은 매월의 눈을 피했다. 한쪽이 일그러져 흉측하게 변해버렸기 때문이었다. 그래서 매월의 눈을 본 사람들은 그것이 비록 각시탈의 작은 눈구멍 안으로 조금 들여다보이는 것일지라도 당황을 하며 다른 곳에 시선을 두곤 했다. 하지만 서생은 그렇지 않았다. 매월은 자신의 눈을 피하지 않고 바라보며 이야기를 들어주는 젊은 서생에게 점점 마음을 빼앗기기 시작했다.

젊은 서생은 따뜻한 복숭앗빛 피부를 가지고 있었다. 매월은 그 복숭앗빛 피부의 서생이 한번 미소를 지으면 너무 도 한가롭고 부드러워서 삼동三冬이 녹는 것 같다고 생각했다. 하지만 그 부드러운 미소와는 달리 젊은 서생의 몸에서는 항상 알싸한 풀향이 났다. 매월은 그 알싸한 풀향이 좋았다. 탈이 코를 막고 있어도 탈 가장자리 틈으로 들어오는 젊은 서생의 풀향에 취해 매월은 어느 늦은 봄날 밤 젊은 서생과 하룻밤을 보냈다.

하지만 매월은 그 젊은 서생과의 하룻밤을 두고두고 후회했다. 자신의 이야기까지는 용기를 내어 할 수 있었지만 차마 서생 앞에서 각시탈을 벗을 수 없었다. 매월은 자신의 모순된 상황이 너무 슬펐다. 그리고 그날 밤이 지나면 다시는 그 서생이 자신을 찾아오지 않을 것만 같아 슬펐다. 하지만 그날 밤이 지난 뒤 그 젊은 서생은 진달래꽃을 한 아름씩 꺾어 들고 매일같이 매월을 찾아왔다. 내심 그 젊은 서생을 기다렸던 매월은 막상 그 서생이 다시 자신을 찾아오자 그만 두려워졌다. 그래서 매월은 그 젊은 서생이 찾아와도 만나려 하지 않았다.

매월은 그 서생이 왜 자신을 찾아오는 것인지 이해할 수 없었다. 그래서 매월은 서생이 찾아올 때마다 이렇게 젊고 아름다운 서생이 왜 자신을 찾아오는 것인지, 그 의도가 무엇인지 끊임없이 의심을 했다. 하지만 서생은 매월이 자신을 만나주지 않더라도, 말을 받아주지 않더라도 개의치 않았다. 젊은 서생은 그저 이성을 잃은 사람처럼 매일같이 매월을 찾아와 구애를 할 뿐이었다.

하지만 매월은 그런 서생의 마음을 받아줄 수 없었다. 매월은 무슨 일이 있어도 서생 앞에서 각시탈을 벗을 수 없기 때문이었다. 그러던 어느 날 그 젊은 서생은 매월에게 자신과 함께 살지 않겠다면 자신을 죽이고 가라고 애원했다. 하지만 매월은 서생의 말을 들은 척도 하지 않았다. 그리고 그날 밤 매월은 지게에 간단하게 짐을 꾸려 들병장사를 하던 그곳을 떠났다.

정처 없이 유랑하던 매월은 다시 다른 곳에 짐을 풀고 그동안 해왔던 것과 같은 생활을 이어갔다. 그러던 어느 날 매월은 빨래터에서 옆 마을에서 온 아낙으로부터 누군가에 대한 소문을 들었다. 매월이 떠났던 그날 밤 얼굴이 뭉개진 시체로 발견되었다는 것이었다. 음경과 고환이 잘려 나간 끔찍한 모습이었다고 했다. 그 아낙의 말을 들은 매월은 그 뒤로 더 이상 이야기를 지어내지 않았다. 간혹 매월이 무슨 이야기를 꺼낸다 하더라도 전혀 재미있지 않았다. 아낙들이 모이는 빨래터에도 더 이상 나가지 않았고 사람들이 모이는 낮에는 집 밖을 나가지 않았다. 다만 아무도 문을 두드리지 않는 빈집에 홀로 들어앉아 밤낮으로 처량하게 노래를 부를 뿐이었다.

연화의 일곱 번째 이야기

심간지당의 집은 봄이었다. 불어오는 바람에 꽃향기가 물씬 묻어 있었다. 담을 따라 배나무에 꽃이 한창이었다. 하얗게 핀 배꽃 위에 은은하게 달빛이 비추고 있었다. 까만 하늘에서는 금방이라도 별이 쏟아질 것 같았다. 바람이 한 번 불어 별 대신 떨어져 내리는 꽃잎들을 보니 문득 시가 떠올랐다. 나는 봄기운에 취해 시를 읊기 시작했다. 백 년 전에 살다 간 시인 계랑의 시였다.

배꽃이 비 내리듯 흩날릴 때 소매를 부여잡고 울면서 이별한 님.

가을바람에 낙엽 지는 이때에 님도 나를 생각하실까.

천 리 머나먼 길에 외로운 꿈만 오락가락하는구나.

어렸을 적 무슨 뜻인지도 모르면서 막연히 애잔한 느낌이 좋아 즐겨 읊었던 시였다. 잊어버렸던 소중한 것을 가까스로 찾은 것 같아 가슴이 요동쳤다. 계랑은 누구를 그렇게도 그리워했던 것일까. 정말 누군가가 있었던 것일까. 돌이켜보면 나는 한 번도 누군가를 애타게 그리워한 적이 없었다. 그렇다고 누군가가 나를 손짓해 부른 적도 없었다. 그런데 지금은 나 자신조차도 알지 못하는 미지의 누군가가 사무치게 그립다. 그리움의 대상은 분명 남편도 연균도 춘삼도 심지어 부모님도 아니었다. 대상도 없이 그립다는 느낌만 남은 공허한 가슴을 쥐어뜯으며, 이 끝도 없는 허망함에서 조금의 단맛을 끌어내기 위해 발버둥치고 있는 나를 돌아보며, 나는 나의 이야기와 사랑과 인생을 생각했다.

그리고 나는 무언가에 이끌리듯 배나무 밑으로 갔다. 가벼운 바람에도 꽃잎들이 머리 위로 땅 위로 떨어져 내리고 있었다. 땅에 떨어진 꽃잎 가운데 더러는 다시 바람을 받아 공중으로 날아올랐다. 그렇게 바람을 타고 날아가던 꽃잎은 다시 땅으로 가라앉기도 하고 담을 넘어 어디론가 떠나기도 했다. 그 길이 어떤 길이 될지는 꽃잎들도 나도 알 수 없었다.

잘게 찢어놓은 종잇조각처럼 얇고 하얗고 작은 그것들은 다만 바람의 품에 자신의 몸을 맡길 뿐이었다. 그렇게 꽃잎들은 무작정 바람의 속삭임을 믿었다. 그 바람에 실려 어딘가로 멀리 날아 어느 말의 발굽에 밟히게 될지도 모르지만 그들은 그것을 겁내지 않았다. 나는 문득 나뭇가지에서 떨어져 나와 바람을 날개 삼아 밤하늘을 날아다니는 꽃잎들이 부러워서 미칠 것 같았다. 나도 문득 바람을 타고 날아 어딘가를 떠돌다가 계랑처럼 누군가를 사무치게 그리워하고 싶어졌다. 하지만 내가 누군가를 그리워하는 내 모습을 의심하지 않을 수 있을까. 남은 인생에 내 자신을 온전히 던질 수 있을까. 완전히 속을 수 있을까. 자신이 없었다. 그러기에는 너무 늦어버렸다. 아무리 도망치려 해도 나는 인생을 직면할 수밖에 없는 사람이었다. 죽은 지 백 년이 넘어 백골밖에 남지 않은 시인의 시가 가슴을 먹먹하게 만들고 있었다. 정말 잔인하면서도 신비로운 일이었다.

며칠 전 심간지당이 나의 소설을 활자로 찍어내겠다고 말했다. 심간지당은 나의 소설을 여러 권 찍어내서 많은 사람이 읽을 수 있기를 바랐다. 그리고 나는 나대로 나의 글이 수백 년 뒤까지도 어딘가에서 누군가에게 몰래 읽히면서 심장을 뛰게 하거나 혹은 잔인하게 휘저어놓기를 조심스레 바랐다.

얼마 전 내가 머무는 방 앞 마당에 있던 돌배나무가 베어져나갔다. 베어져나간 돌배나무는 적당한 크기로 잘라졌다. 그 작은 나뭇조각들은 나의 소설을 찍어낼 활자가 될 것이다. 그 나뭇조각이 활자가 되기까지는 꽤 오랜 시간이 걸렸다. 한동안의 연판 처리 작업이 끝나고 춘삼은 가공된 나뭇조각에 새길 글자를 정성스레 베끼기 시작했다. 춘삼이 어느 정도 글씨를 베끼는 작업을 끝내자 심간지당은 청운계의 과부들을 집으로 불렀다. 나뭇조각에 활자를 파는 작업은 손이 많이 필요했기 때문이었다. 청운계의 과부들은 각자 함께 사는 식솔들 중 믿을 만한 사람을 한두 명씩 데려와 일손을 거들었다. 각자 나무에 글자를 새기는 작업이 손에 익게 되면서 활자가 만들어지는 일에 가속도가 붙었다. 나는 나의 글을 한 자 한 자 정성들여 새기고 있는 그들을 보며 좀더 부지런히 글을 썼고, 좀더 세심하게 글을 다루었다.

그러는 동안 나는 소설 한 편을 완성했다. 그리고 연달아 소설 한 편에 해당하는 활자도 완성되었다. 심간지당은 한양으로 올라가 운종가에서 송연묵과 닥종이를 구해왔다. 송연묵은 소나무를 태워 만든 그을음과 아교를 섞어 만든 묵이었다. 그래서 다른 먹에 비해 먹색이 진하고 선명했다. 진하고 선명한 송연묵은 목판 인쇄에 주로 사용되었다. 닥종이는 닥의 껍질로 튼튼하게 만든 종이라 희고 빳빳하고 윤이 났다. 또 굉장히 질긴 편이라 다른 종이에 비해 오랜 세월에 능히 견딜 수 있는 종이었다. 심간지당은 이외에도 먹솔, 말총, 밀랍, 먹판, 먹물그릇 등 나무활자 인쇄에 필요한 여러 가지 물품들을 구입해왔다. 활자들은 모아져 한 판 안에 고정되었다. 첫 번째 장은 내가 찍었다. 먹솔에 먹물을 찍어 판에 균일하게 칠한 다음 그 위에 종이를 놓고 또 그 위에 밀랍을 칠해 위아래로 가볍게 비벼서 찍어냈다. 그렇게 어려운 활자 제작 과정을 통해 나무활자로 인쇄된 나의 소설이 책으로 엮여 나왔다.

나는 책으로 나온 나의 소설에 '연화전' 이라는 제목을 붙였다. 소설을 쓰면서도 오랫동안 망설여왔던 제목이었다. 나는 표지에 '연화전' 이라는 제목을 찍고, 그 밑에 소설의 제목과 같은 나의 이름까지 적어넣을 생각이었다. 춘삼의 작업실을 찾았다. 나는 춘삼에게 소설의 내용을 새겼던 돌배나무 조각보다 조금 더 큰 것을 부탁했다. 춘삼은 자르고 다듬고 물에 재웠다 말리는 과정을 거쳐야 하기 때문에 시간이 필요하다고 했다.

내가 춘삼에게 부탁한 지 꼬박 열흘 뒤 춘삼은 나의 방으로 잘 다듬어진 돌배나무 조각을 가져왔다. 나는 춘삼이 건넨 나뭇조각을 받아들었다. 나는 나의 손바닥 크기의 반만한 나뭇조각을 방바닥에 늘어놓았다. 정확히 부탁한 세 개였다. 나는 장롱 깊숙한 곳에서 은장도를 꺼냈다. 칼집에서 칼을 뽑았다. 나는 은장도로 정성들여 한 자씩 활자를 파기 시작했다.

연, 화, 전

활자에 새긴 글씨체는 마음에 들었다. 파놓은 세 글자는 모두 연결해 붙여서 제목으로 한 번, 앞의 두 글자는 다시 따로 떼어 붙여 이름으로 한 번 찍을 예정이었다. 가슴이 벅차올랐다. 나는 세 개의 활자를 들고 춘삼의 작업실로 향했다. 춘삼의 작업실에는 아무도 없었다. 한 곳에 인쇄가 끝난 나의 책이 쌓여 있었다. 모두 표지가 비어 있는 책이었다. 나는 그중 가장 위에 있는 책부터 꺼내 표지를 위로 향하도록 놓았다. 그리고 가져온 활자에 먹물을 칠했다. 나는 표지에 한 자씩 마치 도장을 찍는 것처럼 정성스럽게 제목과 이름을 찍었다. 흰 표지에 제목과 이름이 선명했다. 임금의 옥새가 부럽지 않았다. 나도 모르게 그 자리에 앉아 나의 책을 펼쳤다. 나는 가장 고민했던 소설의 마지막 부분을 펼쳐들고 읽어내려가기 시작했다.

또다시 아침 해가 밝았다. 창살에 새로 입힌 창호지 사이로 봄볕이 쏟아졌다. 심간지당의 방 안에는 책을 읽다 잠이 든 듯 주변에 수많은 서책들이 흩어져 있었다. 심간지당은 기지개를 펴고 일어나 창을 활짝 열어젖혔다. 창밖으로 배꽃이 만발했다. 심간지당이 미소를 지었다. 배나무 사이를 흰 배추흰나비 몇 마리가 날아다니고 있었다. 불현듯 불어오는 가벼운 아침의 바람에 또다시 활짝 핀 배꽃이 한 차례 떨어졌다. 그 사이에서 배추흰나비를 발견하는 것은 쉬운 일이 아니었다. 심간지당은 흰 꽃잎과 어우러져 나뭇가지 사이를 날아다니는 배추흰나비의 동선을 집요하게 좇았다. 심간지당이 바라보던 배추흰나비 중 한 마리가 배꽃 위에 앉았다. 한동안 심간지당은 멍하니 꽃과 나비를 바라보며 상념에 잠겼다. 춘삼이 빗자루를 들고 마당으로 나왔다. 마당을 쓰는 소리에 상념에서 깨어난 심간지당이 춘삼에게 말을 건넨다.

—자네, 붕鵬새라고 들어보았는가?

춘삼이 되물었다.

—날개가 수천 리에 달하여 한 번에 구만리를 날 수 있다는 상상 속의 새를 말씀하시는 겁니까?

춘삼의 말을 들은 심간지당은 잠시 뜸을 들이다 말했다.

—그런데 자네 붕새가 정말 상상 속의 새라고 생각하는가? 붕새는 실제로 있어. 저 배나무에 만발한 배꽃과 나비를 보게. 푸른 애벌레는 저기서 떨어져 나온 꽃잎을 훔쳐 달고 배추흰나비가 되는 거라네. 하지만 배추흰나비들은 자신들의 날개가 꽃잎에서 왔다고 생각하지 않아.

춘삼이 머리를 갸우뚱하며 심간지당에게 물었다.

—태어날 때부터 배추흰나비였다고 생각한단 말입니까?

심간지당은 여전히 배추흰나비의 동선을 좇으며 말을 이었다.

—그래서 배추흰나비들은 보름밖에 살지 못하는 거라네. 간혹 그 사실을 깨닫게 되는 배추흰나비들이 자신의 태생을 인정하고 경계를 허물게 된다면, 보름의 짧은 생을 너머 붕새로 다시 태어나게 되는 것이지.

배추흰나비가 붕새가 된다는 이야기를 하고 있는 심간지당의 얼굴에 미소가 번졌다. 심간지당을 따라 미소를 지으며 춘삼이 대답했다.

—어렵습니다.

꽃잎들이 마당으로 떨어져 바람에 흩날리고 있었다. 춘삼은 다시 비를 들어 마당을 쓸기 시작했다.

마지막 이야기

풍속을 어지럽히고 사람을 해한 죄로 청운계라는 아녀자 집단을 잡아들여 참수형에 처한다. 소설 〈연화전〉은 세상의 질서에 맞지 않아 왕명으로 수거하여 모조리 소각한다.

영조 42년 (1767년)

이 내용은 조선 후기 경기 지방에 살았던 심간지당이라는 과부와 관련된 이야기이다. 심간지당은 청운계라는 조직을 운영했던 과부였다. 청운계는 〈연화전〉을 출판한 소설 창작 모임이었던 것으로 사료된다. 당시 청운계에서 출판된 소설 〈연화전〉은 폭발적인 인기를 얻었다. 〈연화전〉을 읽은 아녀자들이 종종 소설 내용을 따라 가출을 해서 사회 문제가 될 정도였다. 세간에서 유명세를 얻은 〈연화전〉은 궁중까지 흘러들어가게 되었고, 〈연화전〉이 궁중으로 흘러들어간 뒤 얼마 지나지 않아 몇 명의 궁녀가 궁을 몰래 탈출하는 사건까지 발생했다.

그 정도의 반응이라면 큰돈을 벌 수도 있었지만 심간지당은 〈연화전〉으로 장사를 하지 않았다고 한다. 그저 사비를 털어 묵묵히 책을 찍어내고 사람들이 다니지 않는 시간을 골라 마을을 돌아다니며 적당한 집 앞에 책을 놓아두기를 수차례 반복할 뿐이었다. 그렇게 심간지당은 〈연화전〉을 찍어내는 데 전 재산을 들였다. 심간지당과 함께 활동했던 춘삼은 〈연화전〉을 배포하기 위해 전국 팔도를 돌아다녔다고 한다.

그렇지 않아도 조정에서는 〈연화전〉이 나오기 전부터 소설 때문에 골머리를 앓고 있었다. 불온한 소설들이 세간에 유통되어 민심을 교란시키고 있다는 상소가 끊임없이 올라오고 있었기 때문이었다. 하지만 문제작일수록 작자의 이름이 쓰여 있지 않았다. 그러던 중에 작가의 이름이 당당히 명시된 소설 〈연화전〉이 세상에 등장한 것이었다. 조정에서는 오히려 반겼다. 이 소설의 작가를 잡아들임으로써 마녀 사냥을 할 수 있을 것이라 생각했기 때문이었다. 그들이 보았을 때 〈연화전〉의 내용은 충분히 불온했다. 어머니로서 또는 아내로서 살아야 할 여자들이 자신들이 꿈꾸는 무언가를 위해 탈출을 감행한다는 내용은 나라의 근간이 흔들릴 만큼 심각할 수도 있는 내용이기 때문이었다.

조정에서 한 원로대신이 이를 반역에 버금가는 범죄로 다스려야 된다고 주장했다. 그리고 며칠 뒤 〈연화전〉의 작가인 연화를 찾기 위해 소수의 인력이 투입되었다. 투입된 인력들은 열심히 장부를 뒤졌다. 하지만 연화를 찾는 것은 쉬운 일이 아니었다. 웬만해서는 여자의 이름을 공문서에 기록하지 않는 사회였기 때문이었다. 한동안 장부를 뒤진 끝에 그들은 연화라는 이름을 찾아냈다. 하지만 그들은 장부를 다시 조용히 덮을 수밖에 없었다. 조정에서 열녀 표창까지 받은 과부인 동시에 연화를 잡아들이라고 지시했던 원로대신의 죽은 며느리였기 때문이었다.

– 2008년 8월 11일, oo신문 '우리 역사 다시 보기' –

제3회 이화글빛문학상 심사평

총 5편이 투고된 제3회 이화글빛문학상은 예년에 비해 투고작도 늘었지만 그 수준도 높았다. 빈말 혹은 주례사가 아니라 심사위원들이 심사한 유수의 대형 문학 공모상에 비해 수준이 전혀 떨어지지 않았다. 이화의 작가 지망생들은 충분히 문학에 매진할 자격이 있다는 사실을 확인하는 즐거운 심사였다.

이처럼 모두 탄탄한 문장력과 깊이 있는 삶에 대한 통찰력을 보여주었음에도 불구하고 〈평행사변형의 방〉은 문장 서술이 다소 산만하고, 너무 관념적인 서술이 반복되어 '진정한 자아 찾기' 라는 진부한 주제를 더욱 부각시키는 역기능을 했다. 〈앨리스를 만나다〉는 강간당한 여대생의 용서와 복수를 다룬 소설인데, 부모의 죽음, 이모 아들의 유괴 및 성폭행, 살인 등으로 이어지는 상황 설정이 너무 인위적이었다. 〈첫차는 25시에 떠난다〉는 초등학교 남자 동창생 세 명의 연애와 가족 이야기를 중심으로 한 성장소설류이다. 연상녀와의 사랑이나 가족 이데올로기에 대한 비판은 인상적이었지만, 초점 화자의 배분이나 과거 회상 시점의 비효율성, 시점의 혼란 등에서 미숙함을 보였다.

당선작으로 결정하기 위해 마지막까지 열띤 토론을 벌인 두 작품이 〈스도쿠를 푸는 시간〉과 〈연화전〉이다. 두 소설은 너무 달라서 선택이 더 어려웠다. 〈스도쿠를 푸는 시간〉은 대학문학상에 걸맞는 주제와 문체, 인물 설정을 보여준다. 20대 청춘의 좌절과 희망, 불확정성과 불완전성을 매력적으로 형상화하면서 스도쿠 게임이나 플래시 몹 등의 라이트모티프도 잘 활용하고 있다. 그러나 예상 가능한 주제와 정형화된 인물들이 마지막 걸림돌로 작용했다.

당선작인 〈연화전〉은 놀랍다. 너무 능수능란해서 기성 작가가 쓴 소설 같다. 더구나 팩션적 역사소설이라는 것과 몇몇 영화를 연상시키는 것이 너무 트렌드에 민감한 것은 아닌가 하는 우려를 낳았다. 그러나 조선 시대를 배경으로 하면서도 역사를 현재화하는 능력, 글쓰기 주체로서의 여성과 여성에 대한 성적 기율 문제를 뚜렷하게 부각시킨 점, 이야기를 장악하면서 서사화하는 장편적 활력, 두 가지 이야기를 교체해가는 정교한 플롯, 인문학적 정보를 가공하는 능력, 감칠맛 나고 가독력 있는 문체 등등 나무랄 데가 없었다. 이제 당선자는 더 큰 물에서 공식적인 작가가 될 일만 남았다. 건투를 빈다.

– 심사위원 **정미경**(소설가), **김미현**(문학평론가, 이화여대 국문과 교수)

수상 소감

스물셋, 소설 창작 수업에서 단편 소설을 한 편 써본 것이 시작이었다. 거창한 이유는 없었다. 잔잔하고 나른했던 학부 시절에 이만큼 재미있는 일이 없었다. 내가 왜 이 일을 하고 있는지 되물어볼 필요가 없었다. 한 번도 소설가를 꿈꾸어본 적이 없었던 사람이 시작하기에는 늦은 나이였지만 내가 잘할 수 있는 일인지에 대한 고민조차 하지 않았다. 그만큼 나는 이 일이 즐거웠다. 이것이 나의 초심이었다.

그렇게 한동안 몇 편의 단편 소설을 썼다. 하지만 나의 재능에 눈치를 보기 시작한 어느 시점부터 나에게는 현실적인 문제가 보이기 시작했다. 한동안 글을 쓰지 못했다.

자격증 학원과 토익 학원 앞을 방황하며 취업을 준비하는 친구들의 푸념을 들었다. 지독한 슬럼프였다. 그러다 작년 이맘 때 모든 것을 때려치우고 겁 없이 경장편 분량의 소설을 써내려가기 시작했다.

『연화전』의 배경인 18세기는 여성들 사이에서 소설 읽기가 유행처럼 번졌던 시기이다. 소설 읽기의 성행은 여성을 규방이라는 공간에 한정해두기 시작한 역사와 그 시작을 같이한다. 가부장제 질서에 대한 복종을 재생산하는 공간이 역설적이게도 가부장제의 지배가 미치기 어려운 상대적 자율성을 가진 공간으로 만들었던 것이다.

규방은 여성들이 모여 이야기를 만들어내는 동시에 가부장제에 대한 반역을 꿈꾸는 여성들의 환상이 들끓는 공간이 되었다. 가상 세계의 유토피아를 통해 자신의 욕망을 드러낸 여성 영웅 소설은 모두 조선 후기에 생산되었다. 여성들의 이러한 '환상 소설'은 단순한 현실 도피가 아니라 현실을 교란하고 위협하는 힘이 될 수도 있었던 것이다. 비록 그녀들의 작품이 '작자 미상'으로밖에 전해질 수 없더라도 말이다.

『연화전』이 상을 타게 된 것은 순전히 소재의 힘이라고 생각한다. 나는 여성이 개인으로서 꿈을 펼치는 것이 거의 불가능했던 시기를 생각하며 초심을 다지려 한다. 이름 없는 작가로 살 수밖에 없었던 18세기의 여성들에게 큰 빚을 졌다. 그녀들의 이야기를 제대로 녹여내지 못한 것이 미안할 뿐이다.

부족한 소설에 큰 상을 주신 이화여자대학교출판부에 감사의 말씀을 전한다. 글을 쓸 수 있는 계기를 마련해주신 류철균 교수님, 앞으로 나아갈 수 있는 힘을 주신 이평재 선생님께도 감사의 말씀을 전한다. 그리고 뜬금없이 글을 쓰겠다고 나선 딸을 아무 말 없이 믿고 지켜봐주시는 부모님과, 내가 어떤 선택을 하든 항상 응원을 아끼지 않았던 친구들에게 사랑한다는 말을 전한다.

2008년 8월

정시은

연화전

펴낸날 ˈ 1판 1쇄 2008년 9월 8일
지은이 ˈ 정시은
펴낸이 ˈ 최민숙
펴낸곳 ˈ 이화여자대학교출판부
등록 ˈ 1954년 7월 6일 제 9-61호
주소 ˈ 서울특별시 서대문구 대현동 11-1(우 120-750)
전화 ˈ 02-3277-2965, 2966 (편집팀)
02-3277-3164, 02-362-6076 (영업팀)
팩스 ˈ 02-312-4312
전자우편 ˈ press@ewha.ac.kr
인터넷서점 ˈ www.ewhapress.com
편집 책임 ˈ 이혜지
디자인 ˈ 정경숙
찍은곳 ˈ 백산인쇄

ISBN 978-89-7300-798-1 03810
값 10,000원